Malvadeza Durão e outros contos

FLÁVIO MOREIRA DA COSTA

MALVADEZA DURÃO E OUTROS CONTOS

AGIR

Copyright © 2006 Flávio Moreira da Costa

*Capa*
Christiano Menezes

*Copidesque*
Paulo Correa

*Revisão*
Cecília Giannetti
Maryanne B. Linz

*Produção editorial*
Lucas Bandeira de Melo

CIP-BRASIL. CATALOGAÇÃO-NA-FONTE
SINDICATO NACIONAL DOS EDITORES DE LIVROS, RJ.

C872m

Costa, Flávio Moreira da, 1942-
 Malvadeza Durão e outros contos / Flávio Moreira da Costa. - Rio de Janeiro: Agir, 2006.
 240p.

Inclui bibliografia
ISBN 85-220-0710-1

1. Conto brasileiro. I. Título.

05-3580.
CDD 869.93
CDU 821.134.3(81)-3

Todos os direitos reservados à
AGIR EDITORA LTDA. - uma empresa Ediouro Publicações
Rua Nova Jerusalém, 345 - CEP 21042-235 - Bonsucesso - Rio de Janeiro - RJ
tel.: (21) 3882-8200 fax: 3882-8212/8313

"I HAVE DREAMT
THAT MY TEETH FELL OUT
BUT MY TONGUE LIVED
TO TELL THE TALE."

*Lawrence Ferlinghetti,* A Coney Island of Mind

"L'ART EST À L'OPPOSÉ DES IDÉES GÉNÉRALES, NE DÉCRIT QUE L'INDIVIDUEL, NE DÉSIRE QUE L'UNIQUE. IL NE CLASSE PAS, IL DÉCLASSE."

*Marcel Schwob,* Vies Imaginaires

"1. PORQUE O CONTO É A DEMOCRATIZAÇÃO DA LITERATURA;
2. E UM CONTO É, NUM CERTO SENTIDO, O CONTRÁRIO DE UM CONTO;
3. OU TALVEZ NÃO É NADA DISSO: APENAS UM AJUSTE DE CONTOS;
4. E QUEM QUISER QUE CONTE OUTRO."

*João do Silêncio,* História da Filosofia Acidental

*Obras de*
## FLÁVIO MOREIRA DA COSTA

### ROMANCE
*O país dos ponteiros desencontrados.* Rio de Janeiro: Agir, 2004.
*O equilibrista do arame farpado.* Rio de Janeiro: Record, 1997.
*Às margens plácidas.* São Paulo: Ática, 1978.
*As armas e os barões.* Rio de Janeiro: Imago, 1975.
*A perseguição.* Rio de Janeiro: Francisco Alves, 1973.
*O desastronauta.* Rio de Janeiro: Expressão e Cultura, 1971.

### POLICIAL
*Três casos policiais de Mario Livramento.* Rio de Janeiro: Ediouro, 2003.
*Modelo para morrer.* Rio de Janeiro: Record, 1999.
*Avenida Atlântica.* Rio de Janeiro: Rio Fundo, 1992.
*Os mortos estão vivos.* Rio de Janeiro: Record, 1984.

### LIVROS DE ARTE
*Rio de Janeiro: marcos de uma evolução.* Rio de Janeiro: Booklink, 2002.

### INFANTO-JUVENIL
*O almanaque do Dr. Ross.* São Paulo: Nacional, 1985.

### HUMOR
*Nonadas: o livro das bobagens.* Rio de Janeiro: Francisco Alves, 2000.

### ENTREVISTA
*Vida de artista.* Porto Alegre: Sulina, 1985.

### ENSAIO
*Crime, espionagem e poder.* Rio de Janeiro: Record, 1987.
*Cinema moderno cinema novo.* Rio de Janeiro: José Álvaro, 1966.
*Franz Kafka: o profeta do espanto.* São Paulo: Brasiliense, 1983.

### CRÍTICA LITERÁRIA
*Os subúrbios da criação.* São Paulo: Polis, 1979.

**CONTOS**
*Nem todo canário é belga.* Rio de Janeiro: Record, 1998.
*Malvadeza Durão.* Rio de Janeiro: Record, 1982.
*Os espectadores.* São Paulo: Símbolo, 1976.

**BIOGRAFIA**
*Nelson Cavaquinho.* Rio de Janeiro: Relume-Dumará/RioArte, 2000.

**ANTOLOGIAS**
*Aquarelas do Brasil: contos de música popular.* Rio de Janeiro: Agir, 2005.
*Grandes contos populares do mundo todo.* Rio de Janeiro: Ediouro, 2005.
*Os melhores contos de medo, horror e morte.* Rio de Janeiro: Nova Fronteira, 2005.
*Crime feito em casa: contos policiais brasileiros.* Rio de Janeiro: Record, 2005.
*13 dos melhores contos da mitologia da literatura universal.* Rio de Janeiro: Ediouro, 2004.
*100 melhores histórias eróticas da literatura universal.* Rio de Janeiro: Ediouro, 2003.
*13 dos melhores contos de vampiros.* Rio de Janeiro: Ediouro, 2003.
*100 melhores contos de crime & mistério da literatura universal.* Rio de Janeiro: Ediouro, 2002.
*100 melhores contos de humor da literatura universal.* Rio de Janeiro: Ediouro, 2001.
*Onze em campo e um banco de primeira.* Rio de Janeiro: Relume-Dumará, 1998.
*Viver de rir II: um livro cheio de graça.* Rio de Janeiro: Record, 1997.
*Crime à brasileira.* Rio de Janeiro: Francisco Alves, 1995.
*O mais belo país é o teu sonho.* Rio de Janeiro: Record, 1995.
*Viver de rir: obras primas do conto de humor.* Rio de Janeiro: Record, 1994.
*A nova Califórnia e outros contos de Lima Barreto.* Rio de Janeiro: Revan, 1993.
*Plebiscito e outros contos de humor de Arthur de Azevedo.* Rio de Janeiro: Revan, 1993.
*Onze em campo.* Rio de Janeiro: Francisco Alves, 1986.
*Antologia do conto gaúcho.* Porto Alegre: Simões, 1970.

Sumário

**Nota de um catador de contos** .............................13

## A HUMANIDADE ESTÁ EM OBRAS (2005)

**Introduções alheias (porém meio estranhas)**
Malandro sem fins lucrativos .........................17
Mensch(s) ..........................................20

**Contos in/classificáveis**
Chica-chica-bum......................................21
Meu conto de Machado de Assis .......................31
O Evangelho segundo Nelson Cavaquinho .............36
Os ratos no Catete ....................................42

**Contos achados**
JC na TV .............................................47
Últimas notícias do Romantismo francês ..............49
Ficção científica .......................................51
Final para um conto sobrenatural ....................52

**Quase contos**
Política ...............................................53
Aquela história de 8 ou 80 ...........................54
A humanidade está em obras ........................55

Prometeu acorrentado ................................59
O poço ..............................................60
Nota para construção de um personagem ...............61
Sangue nos olhos ....................................62
Maçã no escuro ......................................63
Crepúsculo dos deuses ...............................65

## MALVADEZA DURÃO (1981)
*Duas cartas* (Jacinto do Prado Coelho e Paulo Rónai) ....69

O estripador ........................................71
Malvadeza Durão .....................................75
Se continuar assim, Coisa Ruim vai acabar com a
   boca cheia de formiga ............................80
Qual é o babado? ....................................85
A solidão do goleiro ................................90
Sambista em mesa de botequim bebendo cerveja
   com choro ........................................98
Neizinho Copacabana e Liv Ullmann ..................104
O malandro invisível ...............................110
À beira do Piabanha, pro lado de cá do mundo .......124
"El día en que me quieras" .........................128
1964: manobras de um soldado .......................135
1964: memórias do cárcere ..........................143
Drácula, o Rei dos Hunos ...........................149
Último filme na tevê paulista ......................155
Os armênios estão morrendo ou Notas para um conto
   a ser escrito talvez pelo leitor .................160
Um dia de glória na vida de Carlos Alberto,
   o popular Nenê ...................................165

Os amigos de James Dean ............................170
Primeiro caso de homicídio ..........................177

## OS ESPECTADORES (1976)
*O muro e a passagem* (Ivo Barbieri) ..................183

O pior romance do mundo ............................185
O contrato .............................................191
Os mortos ............................................200
As palavras simpáticas .............................204
A gente vai levando .................................209
O céu das solidões ..................................212
A condessa estava descalça .........................215
Doca, Doquinha .....................................217
Carta a Kafka .......................................219
Vida, paixão e morte de Gargantua da Silva, o homem
  que comia filmes .................................222
Entre santos e soldados ............................232

# NOTA DE UM CATADOR DE CONTOS

UM LIVRO INÉDITO, *A humanidade está em obras*, e dois "novos", *Malvadeza Durão* (Prêmio Fundepar 1978, com contos publicados na Europa) e *Os espectadores* (com contos traduzidos em antologias na Alemanha, Polônia e Estados Unidos), que incluem meu segundo e primeiro livros de contos, respectivamente, dos quais aqui vai uma seleção e não o total das histórias ou narrativas. Por "novos", portanto, cautelosamente colocado entre aspas, leiam-se esses dois últimos livros citados, renovados e reescritos. São novos velhos contos. Os três livros juntos configuram um só, uma terceira margem do rio, ou riacho, da minha produção como contista, à qual dou aqui o nome de *Malvadeza Durão e outros contos*. Mas pensei em chamá-lo de *Catacontos*. Afinal, como contista, mas principalmente como criador de antologias, não tenho feito outra coisa nesses últimos anos senão catar papéis, anotações, esboços de contos e contos alheios e meus e o que chamo de contos achados (tradução minha, transversa das artes plásticas, para *ready-made*). Outros catam conchinhas, objetos de coleção, badulaques e balangandãs, latas recicláveis, diplomas, dinheiro, prestígio – catam até mesmo comida (e também papéis e papelões) os catadores de rua.

Eu, como um cata-vento, cato contos.

Um, dois, muitos – é assim que se resume toda a aritmética dos ianomâmis. Esses "muitos", número lá deles que vai do três ao infinito, são mais do que suficientes para os índios se relacionarem com a vida e com o universo. Considero que estes três (?) livros aqui reunidos são não três mas na realidade um e muitos ao mesmo tempo. E assim, simplificadas, as coisas se multiplicariam. Os ianomâmis compreenderiam essa dialética particular.

Fica de fora nesta conta de faz-de-conta *Nem todo o canário é belga* (Prêmio Jabuti 1998). Como podem ver, escrevi vários e muitos contos até hoje, mas nem todos publiquei e, dos que publiquei, deixo alguns aqui de reeditar. Continuo catando contos, a partir de agora só os que ainda haverão de vir. Se os bons ventos ajudarem. E se eu souber contar além de muitos.

FMC

# A humanidade está em obras
(2005)

# INTRODUÇÕES ALHEIAS
# (PORÉM MEIO ESTRANHAS)

## Malandro sem fins lucrativos
*Neizinho Copacabana*

(MALANDRAGEM: alguma coisa da astúcia de Ulisses, estratégia de vida e viagem; o mesmo que criatividade. Sem fins lucrativos, i. e., sem prejudicar ninguém, a não ser, às vezes, o próprio personagem.)

Eu sou o perfeito desequilíbrio
sou o equilíbrio da mão e da contramão
da mão esquerda e da contramão direita
sou aquele que escolhe e encolhe
sou aquele que escuta e ausculta
o amor pessoal popular universal
eu sou o executivo da feliz cidade
alheia, partida e perdida
eu sou o balanço que passa
da morena que é pássara

no meio do teu caminho
passarinho
eu sou eu sou
o perfeito desequilíbrio
o equilíbrio de mãos se encontrando
como num samba-canção de Dolores
a harmonia de olhos se achando
uma velha canção de ninar
quando bate na praia é bonito é bonito
sou só          (histórias)
solitário sozinho só,
tira o teu sorriso do caminho:


onde houver história eu – (traço)
onde não houver memória eu – (faço)
estória pessoal dos outros


Eu sou: eu, conto
a harmonia dos olhos se amando
o sangue nos olhos se armando
sou só um malandro
sou só um malandro
na cama-de-gato
se exercitando
na mão e na contramão
desta história:
                                alma-de-gato
                        se equilibrando no ar
ame farpado
amado e armado
num país dos ponteiros alucinados
um país invisível e inventado

país vazio vadio baldio
desde já declaro:

não quero saber quem pintou a zebra
só onde esconderam a tinta:

malandragem sem
malandragem sem fins
sou
malandro sem fins lucrativos
eu, João – ele, João do Silêncio
faz seu acerto de contos,
catacontos

# Mensch(s)

*João do Silêncio*

OS MENSCHS saem de dentro do corpo e voltam a ele para se alimentar. A primeira coisa que comem é o estômago, quando novamente dentro do corpo. Depois, saem – e sete dias leva o estômago para crescer de novo. Quando um mensch volta a seu corpo uma vez mais, come o cérebro. Depois, abandona o corpo e desaparece. Sete dias leva o cérebro para crescer de novo. E o estranho ser volta e come as entranhas, cada vez que volta come uma parte: o fígado, os rins, os intestinos etc., e em cada sete dias o fígado, os rins, os intestinos etc. nascem de novo. O tipo de alimentação dos menschs é conhecido como autociclagem. No entanto, o que a ciência ainda não conseguiu descobrir é para onde vai o mensch cada vez que abandona seu corpo.

# CONTOS IN/CLASSIFICÁVEIS

## Chica-chica-bum

*Para Carmen Serralta Hurtado, lá de Livramento*

*segunda-feira*

SÓ HÁ um "porém": acho, acho, sim (mas por que tenho eu de achar?), que vou intitular este doce raconto de *The good old Copacabana South American affair*. Assim mesmo: solene e globalizantemente.

Mas, no entanto, todavia, porém, não sei por quê. Por enquanto. Tampouco sei o que Carmem Miranda e Machado de Assis têm a ver com a presente história. Nem têm. Nem vem que não tem, graças a Deus. Nem me chamo Manuel.

*terça-feira*

Dormi, não sei como; sonhei, sei lá; acordei pensando: como poderia haver uma boa história, boa de ler e de se escrever, quando ela própria vai logo se classificando de "doce raconto"?

Abrindo a guarda, falando a verdade, nada mais do que a verdade, apenas tento passar o tempo que deixam passar por mim, o que quase não passa aqui nesta (Argh!) clínica, enfermaria n° 5.

Minha consolação é a mulatona enfermeira da noite, que é uma tentação de me fazer escalar as paredes mas que, por injustiça dos céus ou dos regulamentos, até agora não quis nada comigo.

O Dr. Merengue é um vacilão de bochechas vermelhas e olhos amarelos detonando eternas e ingênuas surpresas em relação ao mundo, ou pelo menos a tudo aquilo que eu lhe digo – e não serei eu o mundo? Semana passada, ele me avisou que ia passar uns dias nos Estados Unidos, participar de um congresso, estas *cositas más* – e, caso eu precisasse de alguma coisa, se me sentisse fora de controle, poderia chamar o médico assistente.

– Teria condições de chamar alguém se estiver fora de controle? – argumentei, com o meu peculiar rigor lógico. – Além do mais, doutor, o dia que eu perder o controle, podes crer que estarei curado.

Hoje, de volta da viagem e à clínica, Dr. Baby Face comentou:

– Pensei muito naquela sua resposta, de que se você perdesse o controle era sinal de que estava curado... Muito inteligente...

Eu tenho só duas caras: uma de louco, outra de bobo. Caprichei na cara de bobo pra ele. Porque eu não pensara em coisa alguma: soltei as frases que me saíram na hora.

*sexta-feira*

Socorro! Machado de Assis!
Socorro! Carmem Miranda!
Me enfiaram goela abaixo um cacho de bananas de pílulas!
Dormi, morri dois dias seguintes.
Acordei e fiquei sete horas observando um relógio: as horas não mudam de lugar.

— Coisa mais estranha! — observou Gregor Samsa.

Será que estão querendo me enlouquecer de verdade? — perguntei eu.

Para que isso não acabasse acontecendo, resolvi assumir uma estratégia, que evitasse morrer num hospício como Maupassant, em situação escatológica. Era melhor eu começar logo a escrever meu livro sobre Carmem e Machado.

*terça-feira*

Maria do Carmo Miranda da Cunha nasceu em 9 de fevereiro (aquariana como eu) num ano de que não me lembro, em Marco de Canaveses, aldeia no interiorão do Norte de Portugal, e só não me lembro que muitos anos depois ela cruzaria com Joaquim Maria Machado de Assis, no bairro da Saúde, Rio de Janeiro, em..., e igualmente só muito mais tarde ela poderia encher a boca e dizer:

— Meu corpo tem as curvas do Brasil.

— Minha cabeça tem os labirintos do ser humano — reagiria Machado de Assis.

Com medo da labirintite, escolho as curvas do Brasil.

Que incluem, entre outras coisas, cachos de banana, turbantes, roupas de baianas e balangandãs, mas nesta, ou naquela época — poderia ser em 1911, para dar uma data arbitrária —, nossa cachopa morava na Rua da Candelária, filha (aliás, desde o nascimento) de um barbeiro chamado José Maria. E, como os cabelos e as barbas — alheias — andavam mui escassas, muito cedo Maria do Carmo — a dita, mais tarde, Carmem — precisou ir à luta e tornar-se vendedora de gravatas e chapeleira, entendendo-se por isso... bem, qualquer coisa relativa a chapéus.

A vida para ela ainda não era chica-chica-bum.

Pronto!

Dr. Merengue, o médico *baby face*, cortou meu barato: foi só ele abrir a porta e eu fechei meu caderno espiralado. Escrever é como "fazer nossas necessidades" – com ou sem prisão de ventre. Exige concentração e privacidade.

Foi logo perguntando como é que eu ia.

Senti logo a pressão sobre mim quando ele empunhou o aparelho.

De tirar a pressão, claro.

*quarta-feira*

A bem da verdade, se a verdade a alguém bem interessa, Joaquim Maria Machado de Assis nasceu alguns anos, ou décadas, antes da futura Carmem Miranda, mas isso não tem a menor importância. O tempo, como se sabe ou não se sabe, é móvel, auto-móvel, moldável, volátil, variante e variável, e pode ser apagado como uma mensagem escrita a giz, ou espichado e ampliado como um elástico. Neste elástico da vida, Machado de Assis, na sua mocidade, descobriu e cultuou a mulher e a poesia:

"A mulher é um catavento
vai ao vento,
vai ao vento que soprar;
como vai também ao vento
turbulento
turbulento e incerto o mar."

As mulheres, cataventos ao vento, eram sempre passageiras coristas francesas ou italianas ou portuguesas pelos palcos do Rio de Janeiro, traduzidas ou captadas na lira dos seus vinte anos, e os tempos – oh, mores! – eram de românticos amores...

Sem ser chamada, a enfermeira entrou no quarto e me deu um coquetel de pílulas...

### *quinta-feira*

A dor da gente não sai nos jornais e a dor do outro é sempre não visitada por nós, por mais que os médicos e demais sábios falem e digam e aconteçam. Ninguém pode sentir a dor de dente do vizinho nem a dor de barriga do deputado federal. A dor, exclusiva de cada um, é intransferível.

Da minha dor, sei eu; reclamo mas tenho que agüentá-la e, bem ou mal, aprendi a administrá-la e contá-la como um contador.

Da dor de Carmem Miranda e Machado de Assis ninguém sabe, ninguém viu – apenas e somente imaginamos. Imaginamos, digo, a dor de viver, de ter vivido, atravessando as horas, viajando nas nossas próprias narrativas ou canções e nos discursos dos outros e de nós mesmos. Não são traduzíveis: tudo um monte, uma montanha de palavras presentes e, *a posteriori*, manuseáveis, apropriadas ou desapropriadas: é a roupa que as pessoas vestem, o que é que a baiana tem?, e nela até os silêncios têm algo a dizer.

Balangandãs.

Faço, portanto, um minuto cheio de silêncios – por eles e por mim.

### *sexta-feira*

Carmem – ah, Carmenzita, lusa *jeunesse* de vez e voz nos trópicos tristes e alegres, que já naquela época cantava-se na cidade de Porto:

"Se o mar tivesse varanda
e janelas pelo meio

como uma antiga fragata
podia-se andar até o Rio de Janeiro..."

Pois, pois, Carmem Miranda, como ameaçávamos dizer, tinha apenas dezenove anos quando gravou seu primeiro disco, pela RCA-Victor. Vocês devem se lembrar:

"Taí,
eu fiz tudo pra você gostar de mim..."

E todo mundo gostou: o disco de 78 rotações foi um foguete de vendagem, recorde na época: 35 mil cópias.
E ela deu adeus às gravatas e aos chapéus.

*sábado*

Machado e Carmem não se conheciam nem de vista nem de chapéu.
Naquela época, não havia ainda bananas e abacaxis no turbante da nossa (deles?) *bombshell* cantante e dançante; talvez por isso, Machado de Assis não a tenha incluído em seu conto "Capítulo dos chapéus".
E Capitu não tinha balangandãs, balangandãs...

*domingo ou terça*

A enfermeira entrou para tirar a temperatura, e, antes que ela ficasse sem ela, temperatura, perguntei se ela, a enfermeira, estava sem calcinha.
Parece que ela não gostou muito: fez cara feia. Eu disse:

— Qual é o problema? Quando Carmem Miranda, que era Carmem Miranda, vivia seu sucesso norte-americano, tiraram uma foto dela com a saia levantada e mostrando os países baixos, os belos pentelhos da...

Ela não me deixou terminar a frase e se retirou, levando com ela, dentro do termômetro, minha própria e fundamental temperatura.

O próximo passo seria o eletrochoque?

*quarta-feira*

Carmenzita tinha um sorriso rasgado, vermelho, claro, inequívoco, um sorriso sem roupas e alfândegas, sem remorsos, culpas ou vergonhas. Combinava com ela. Combinava com a voz, com as músicas, com as roupas — o que é que a baiana tem? Tudo demais: Carmenzita era um excesso de vidas, amores, sonhos, dores — sempre um exagero.

Nunca mais parou: depois de "Taí", gravou 140 discos no Brasil, 16 nos Estados Unidos e atuou em vinte filmes, cá e lá, afinal, ela fez tudo pra gente gostar dela.

*sexta-feira*

Vocês ficam todos à roda e atrás de mim, mas não adianta nada que eu sou a minha própria perseguição. Se não me agarro no meu livro *As aventuras de Carmem Miranda e Machado de Assis*, minha cuca vai para o liqüidificador *psi* e vira uma espécie de mingau. No fim da vida Carmenzita fazia dois shows por noite — um às 21h e outro à meia-noite —, o que significava que ela só dormia com *sleeping pills* e, para acordar, tinha que engolir pílulas para se levantar. Resultado: teve um colapso monumental e, como se fazia então, foi submetida a eletrochoques.

Curioso: bem na época (!?) em que Machado de Assis escrevia *O alienista*.

Idéias, mesmo que idéias de maluco, costumam ter duas faces, senão ninguém conseguiria jogar cara-ou-coroa. Pois confesso que na minha algibeira não havia moeda alguma, pois a idéia que eu tive, ou uma das minhas vozes internas tiveram por mim, mais se assemelhava a idéia de jerico, que foi essa de escrever sei lá o que sobre sei lá quem, Carmem de Assis e Machado Miranda, com o único intuito de me distrair e de me abstrair do tempo que passa como um supersônico ou a passo de cágado, tempo que nada, voa, que mal me deixa acompanhá-lo – pelo menos do lado de fora.

———————,,,——————,,——————

Do lado de dentro, não consegui saber por quem os sinos e os pandeiros dobram, se é que eles dobram nas dobras do tempo que não me é consentido visitar – e ficam os poetas a dizer que os sinos dobram por vocês...

Por mim, não, violão.

*domingo*

Depois que o Dr. Baby Face, ou Dr. Merengue, fez sua visita burocrática – ele é um médico-funcionário público –, anotei o seguinte para o meu insensato livro:

"Carmem casou-se com um cafajeste, um rufião, como então se dizia, que além de bater nela, queria seu dinheiro."

"Participava de um show, no então famoso programa de Jimmy Durante, mas não se agüentou em cima das pernas e caiu – o show saiu do ar."

Morreu naquele mesmo dia, aos 46 anos.

E eu, que não morria ainda, vou acabar morrendo também aos 46 anos.

*segunda-feira*

Já imaginaram um *Machado de Assis* escrito por D. Casmurro ou por Brás Cubas?
Aos vencedores, as batatas!
Aos perdedores, o eletrochoque!
Pois Machadinho, já com aqueles grãos de sandice e tédio às controvérsias, era um observador privilegiado do *music-hall* da vida. Dos teatros principalmente, o Teatro Lírico, na Rua Velha (hoje Treze de Março), o Teatro São Pedro (reinaugurado em 1831 como Teatro São João) e o suntuoso Teatro Phoenix, na antiga Rua d'Ajuda, que ia da São José à Santa Luzia.
Foram ali seus amores passageiros – amores de espectador, amores de palco e proscênio –, o lado anti-Casmurro do jovem Machado. Sua paixão maior foi a portuguesa Gabriela da Cunha, que deveria ter o dobro da idade dele, Édipo de Assis.

*terça-feira*

Pois hoje, de surpresa, entrou o *Baby Face* Dr. Merengue, a enfermeira boazuda e dois auxiliares fortes e me carregaram para outra sala.
Amarrado, chupetão de borracha na boca e cargas de espasmos pelo corpo.
Eletrochoque-choque-choque: chica-chica-bum.
Meu Deus, o que foi que eu fiz!?
Me lembrei de Carmem Miranda.

*sábado*

Acho (olha eu aí "achando" de novo) que meu livro não vai seguir adiante. A única possibilidade é que, quando eu sair dessa sensação de cuca-mingau que tomou conta de mim, qualquer um pode começar e comer ela, a cuca-mingau.

É uma pena. Minha tese era de que, taí, ela fez tudo pra gente gostar dela; que, não, ela não voltou americanizada, embora nunca tenha ido à Bahia; que Machadinho, por mais grave e sério que parecesse – e que era –, tinha uma alma salteadora; era, enfim, um grande gozador, o que foi mal interpretado ao exercer um frio e racional humor inglês.

Tanto assim é que, no fim da vida – da vida da minha narrativa –, excelente dançarino que era, fizeram os dois um show único e inesquecível nos palcos do Cassino da Urca. Uma dupla assim digna de Fred Astaire e Ginger Rogers.

Pena que não havia videoteipe na época pra registrar a história.

## Meu conto de Machado de Assis

ÉPOCA: *1902*.
Local: *Rio de Janeiro, capital da (nova) República*.
Cenário: *uma repartição pública do Ministério da Viação*.

Personagens:
*Joaquim Maria Machado de Assis, funcionário público;*
*um cidadão comum, "fluminense";*
*um suposto narrador.*

1

Anotações para um conto de época:

Haveria uma segunda vida? A segunda vida de Joaquim Maria de Machado de Assis começaria com sua primeira morte? Mas há outras possibilidades:

a. Ele passou a vida, a primeira, morrendo antes de morrer, na pele de Bentinho, Brás Cubas, Quincas Borba, Conselheiro Aires. A invenção e o possível uso do emplastro contra a hipocondria não lhe foram suficientes para, aos poucos, afastar a melancolia que invadia seu estado de espírito e

(Mais ainda depois da morte de Carolina:
"Querida, ao pé do leito derradeiro,
em que repousas desta longa vida,
aqui venho e virei, pobre querida...")
fosse, a melancolia, se transformando, foi-lhe transformando numa sombra a andar pelo Cosme Velho.
Pois a vida, por enquanto, era vida funcionária.

## 2

Em determinado momento (momento do meu conto de Machado de Assis) entra a seguinte cena. Dentro da ficção, ela é uma cena histórica, i. e., não imaginada mas acontecida, segundo testemunho escondido no anonimato. E a cena dá-se no gabinete do diretor geral de Contabilidade da Secretaria de Indústria.

O diretor geral de Contabilidade da Secretaria de Indústria do Ministério da Viação se chama Joaquim Maria Machado de Assis.

Ele está sentado, apoiado e protegido por sua enorme escrivaninha feita de madeira sólida e sombria.

Ele trabalha, com papéis em pilhas bem-ordenadas em frente, o tinteiro ao lado e a pluma na mão.

Alguém aparece à porta, entreabrindo-a meio tímida meio ousadamente – e vai entrando.

Machado de Assis levanta a cabeça quando ouve o cidadão dizer:

– Dá licença?

E Machado de Assis deixa a pena de lado e, sério, mas não superior muito menos arrogante, atrás da escrivaninha e do cargo que ocupa, responde à cordialidade do visitante:

– Entre, por obséquio. Aqui tem uma cadeira. Sente-se e diga-me o que deseja.

— Muito obrigado — diz ele, e senta-se.

— Em que posso servi-lo? — disse o diretor geral, evitando os segundos de silêncio.

— Senhor diretor, um requerimento já informado subiu até aqui e está nas mãos de V. Sa... — e indicando um requerimento em cima da mesa: — Olhe! É este!...

— Sim — responde o diretor geral. — Mas o que deseja o senhor?

— Pois venho pedir a V. Sa. que o faça subir ainda hoje mesmo ao gabinete do senhor ministro.

— Hoje mesmo não poderá ser — responde o diretor geral. — Ainda não o examinei e preciso examiná-lo com toda a atenção e cuidado que me cabem. Só amanhã ele subirá ao senhor ministro.

— Mas amanhã é feriado — responde o cidadão fluminense.

— Neste caso, depois de amanhã. Desculpe — e estende a mão como despedida —, mas preciso estar só. Tenho ainda muito a fazer.

— Desejaria fazer um outro pedido a V. Sa., mas desta vez em nome da minha filha.

— Pois não. Mas diga depressa qual...

— Ela ouviu dizer que V. Sa. é poeta e por isso manda pedir-lhe que escreva alguma coisa no seu álbum.

— Já não escrevo em álbuns de senhoritas, meu caro senhor — disse o diretor geral. — E ademais este lugar é impróprio para tal: não se tratam aqui tais assuntos. Desculpe — e estende a mão mais uma vez, no momento em que entra o servente com a bandeja de café. — É servido? — ainda oferece, bem-educado, o diretor geral.

— Não, senhor, não tomo café, porque é um veneno e peço-lhe que faça como eu: não o tome também.

— Pois não! — e o diretor geral nem chega a pegar a xícara na bandeja. — É o terceiro pedido que o senhor me faz desde que aqui está. A este ao menos posso satisfazer-lhe: hoje não tomarei café. Até mais ver, meu senhor!

O cidadão fluminense ainda murmura alguma coisa e se despede.

O funcionário volta à mesa e ao trabalho, afastando com um gesto de mão as ameaças das rabugens de pessimismo e do tédio à controvérsia.

3

b. Doente e viúvo, antigo num mundo novo contaminado pela ancestralidade e pelas ameaças de febre amarela e de progresso (dali a alguns anos iriam pôr abaixo o Morro do Castelo), ele contemplava com olhos cavos, cara magra e barba cinza, contemplava e descobria os subúrbios da morte se avizinhando. Por onde caminhasse, a passo lento e meditabundo, sempre seguro e aparentemente tranqüilo, com seu temperamento contido como o de um mulato inglês. Os olhos metidos para dentro notavam o tempo passar enquanto viam o próprio cérebro ruminar. Em ondas – as vagas da vida passada eram agora muito mais próximas do olhar de ressaca da sua personagem do que sentir as águas se esparramarem na areia.

Ao mesmo tempo, dir-se-ia que, para ele, morrer era um esporte acostumado ao longo dos anos, com muitos treinos, um esporte fácil, por puro ou impuro posicionamento filosófico. Mas às vezes temia: não há filosofia alguma em morrer de verdade. Morte não há.

*Ficha técnica:*

*Argumento e roteiro (primeiro tratamento): Arthur Azevedo.*
*Contribuição ao título: Isaac Babel* (Meu conto de Guy de Maupassant).
*Trilha sonora e música original: Maestro Pestana (de* Um homem célebre).
*Músicas adicionais: "Les trois gymnopédies", de Erik Satie, e "Apanhei-te, cavaquinho", de Ernesto Nazareth.*
*Fotografia: Humberto Mauro.*
*Montagem, edição e direção: João do Silêncio.*
*Divulgação: FMCriação Artística ltda.*
*Veículo: livro* Malvadeza Durão e outros contos.

# O Evangelho segundo Nelson Cavaquinho

*... sendo assim, quem pode ser salvo...*
Evangelho de São Mateus

(SE VOCÊ *soubesse como eu tenho medo da morte – nem queira saber! Mas até que tenho tido sorte. Acho que chego a uns 150 anos. Naquela época eu morava em Mesquita, e morava com uma criatura; ela saía às segundas-feiras e eu saía cedo, às sete horas já tava no botequim com o cavaquinho e tomando meus gorós e fazendo samba e voltava para casa tarde tarde, e voltava com duas caras: uma cara de duro e outra cara de triste, sei lá. Mas acontece que numa madrugada eu tomei um pileque tão grande e voltei pra casa e...*
continua.)


A polêmica começou como um rastilho de pólvora e o que seria apenas mais um livro sobre a música popular atingiu a proporção de uma discussão, até mesmo teológica, de imensa repercussão, envolvendo as altas cúpulas das igrejas cristãs brasileiras e chegando, quem diria, ao Vaticano. Afinal, pode um velho sambista, um boêmio histórico, ter criado "uma gramática de Deus", pregar ele mesmo, e sem saber, "a palavra divina disfarçada em palavra musical"? Seria possível o lendário compositor popular Nelson Cavaquinho ter sido responsável pela conversão de pelo menos uma alma perdida e pecadora? O livro recém-lançado, *Tira o teu sorriso do caminho ou O evangelho segundo Nelson Cavaquinho*, sugere que sim. Seu autor, o ex-fiscal da Receita e "ex-boêmio" Matheus de Freitas, recusou-se por mais de sete vezes a conceder entrevista ("Sou um personagem de ficção, e não me parece razoável de sua parte entrevistar um personagem."). Sem esperanças, mesmo assim mandei as perguntas por e-mail e por e-mail recebi as respostas desta reportagem inédita e exclusiva.

— Fale um pouco sobre você. Quem é Mateus de Freitas?
— Hoje, apenas um apóstolo que prega o Evangelho. O Evangelho segundo Nelson Cavaquinho. Se você tivesse perguntado quem foi Mateus de Freitas, eu responderia que ele foi no mínimo duas pessoas durante quase toda a sua vida: um fiscal da Receita concursado, já aos 25 anos, quando já tinha voltado de um mestrado na London School of Economics, e um boêmio, um "rei vagabundo", como o próprio Nelson se definiu numa música. Durante o dia, vivia o materialismo burocrático, ajudando o Governo a tirar dinheiro da população; à noite juntava-se a ela, gastando o que ganhava e procurando a poesia que a sua própria vida sufocava. Boêmio era uma palavra romântica, até o dia em que descobri que ela era sinônimo de dependência química, que é o nome de uma doença. Chamada também de alcoolismo. Depois de quase quarenta anos e de uma profunda crise pessoal, descobri que (como o Nelson; a diferença é que nunca lhe foi dada a chance de sabê-lo) era portador desta

doença incurável. Hoje sou apenas um alcoólatra em recuperação. Foi aí que eu renasci. Escrever o *Evangelho* foi parte desse processo de renascimento.

— Você imaginava que seu livro causasse esta polêmica toda?

— Nem de longe. Não era a minha intenção. Pretendi apenas dar meu testemunho sobre um testemunho maior de vida que foi a existência de Nelson Cavaquinho. Um alcance que nem ele mesmo, sempre mergulhado na maior das humildades, jamais imaginara. Ele apenas nos deixou sua bondade pessoal e um punhado de hinos, ou sambas iluminados, e este é o seu verdadeiro Evangelho. Ninguém cantou tanto e tão bem o sofrimento humano, ou a história do Bem e do Mal, como ele diz em "Juízo final".

— Mas aproximá-lo, ou mesmo identificá-lo com Deus, não seria um exagero?

— Não pretendo que ninguém venha a vê-lo como Deus. É apenas a minha experiência de ouvir a palavra de Deus através da palavra musical e da própria vida dele. E não vejo por que se surpreender com esta revelação: ou será que Deus não fala através dos nossos semelhantes? Tenho uma amiga que foi salva do suicídio lendo *Em busca do tempo perdido*. Isso pode nos surpreender, mas não chega a ser polêmico: afinal, Proust é um artista superior. O que talvez tenha chocado os homens cultos, os novos doutores da Lei, no caso do meu *Evangelho*, é que esta, digamos assim, iluminação que conto no livro se deu através de um "mero sambista", um homem pobre que nem o primário terminou e cujos conhecimentos religiosos se reduziam a algumas aulas de catecismo quando ele tinha cinco anos de idade. Mas Jesus não atraía os pecadores, os doentes, os miseráveis? Malandros, bandidos, prostitutas adoravam ouvir Nelson nos botequins. E Mangueira era apenas uma palavra para ele falar em Terra Prometida.

(...*e então voltei pra casa tarde tarde ...voltei pra casa e... senti que ia morrer... e não quero, não vou chamar os vizinhos pra me socorrer, porque eles até que queriam que eu morresse pra não incomodar mais eles. Eu não vou incomodar ninguém, pensei. Tava ruim, me deitei, essas coisas todas, e senti com toda a força: é hoje que eu vou morrer. Dei um beijo no violão pendurado na parede e no cavaquinho que eu abraçava, me deitei na cama, parece que eu vou deixar vocês, meus amigos, parece que eu não vou mais incomodar vocês, não vou mais beber com vocês, não vou mais ganhar dinheiro com vocês. Deitei na cama e tive um sonho esquisito, sabe? Sonhei que ia morrer às três horas da manhã, e o relógio despertou às duas e meia.*
continua.)

— Como o senhor o conheceu e como percebeu que ele era especial?

— Um raio cair uma só vez no mesmo lugar é mais do que suficiente. Uma vez só e é muito, é definitivo; pode ser fulminante. O raio se chamava Nelson Cavaquinho: ele foi um raio que caiu na minha juventude lá pelos anos 60... O lugar, era eu mesmo. Houve um relâmpago, ou uma iluminação que vinha da palavra musical divina: vinha dele e me atingia em cheio. E virei seu amigo mais novo, passei a acompanhá-lo pelos bares da vida, na Lapa, nos subúrbios, na zona sul... É a história de uma conversão, primeiro à boêmia, depois a uma vida mais livre, itinerante, de "rei vagabundo", como falei antes, de "rei sem trono". Só evoluí da pura racionalidade (não se esqueça que eu era fiscal de rendas) para a poesia da noite, *la luce della notte*. Abandonei o emprego; na realidade, fui demitido devido às minhas faltas: não se pode servir a dois senhores. O que eu queria – queria e não conseguia – era sair das trevas. E foi só agora, trinta anos depois, ao escrever meu *O Evangelho segundo Nelson Cavaquinho*, que a iluminação se completou, e eu percebi que, quando ouvi Nelson pela primeira vez, ele plantou a semente poético-divina em mim. Foi por isso que freqüentei a noite durante mais de trinta anos, o que acabou me levando a freqüentar o AA. Mas na época, estou falando dos anos 60, eu tinha 24 anos, e voltava da Inglaterra com um mestrado da London School of Economics.

— E como foi esse "raio"? O que você ouviu Nelson cantando pela primeira vez?

— Tinha saído do trabalho e fui tomar um chope no Amarelinho, na Cinelândia. De repente eu vi um homem na minha frente; ele segurava um violão e olhava para mim, sem falar nada. Reconheci Nelson, que na época começava a sair nos jornais. Ele deve ter me confundido com alguém, pois, depois de ter lhe saudado, ele disse: "Mateus, vem comigo." Paguei a conta e segui com ele. A partir daí eu passei a me chamar Mateus. (Meu verdadeiro nome não importa.) Fizemos a via-crúcis dos botequins da Lapa. Eu me lembro que fomos primeiro para o Nova Capela, onde eu lhe paguei um jantar; foi quando, se acompanhando ao violão, ele cantou "Juízo final":

"O sol
há de brilhar mais uma vez
A luz
há de chegar aos corações
Do mal
será queimada a semente
O amor
será eterno novamente
É o juízo final
a história do Bem e do Mal
Quero ter olhos pra ver
a maldade desaparecer."

E o velho boêmio, ou ex-boêmio como ele se classificava, silenciou – estaria emocionado?

– Nelson não viu a maldade desaparecer – concluiu, se recompondo. – Ele mesmo morreu devido à maldade que a vida e a bebida lhe causaram. Mas, em todas as suas mais de quatrocentas músicas, cantou como ninguém essa história do Bem e do Mal, que sempre foi a história cotidiana da humanidade. E Santo Agostinho não disse que cantar é uma forma de falar com Deus?

*(Eu disse, é hoje que o Nelson vai embora; parece que desta vez não há recurso nem malandragem, não. E ia vendo o ponteiro subindo, subindo, e eu bolando tanta coisa pra escapar... Tou pensando numa solução, vamos ver se dá certo: quando o ponteiro chegou às cinco para as três, eu me levantei num pulo e atrasei o ponteiro para meia-noite, e disse: Eu não vou desta vez, de maneira nenhuma, não vou.*
Do livro *Tira teu sorriso do caminho*, de Mateus de Freitas.)

(Bairro Peixoto, Rio, set. 2001)

## *Os ratos* no Catete
### *Último capítulo de um romance de Dyonélio Machado*

> *Um baque brusco do portão. Uma volta sem cuidado da chave. A porta que se abre com força, arrastando. Mas um breve silêncio, como que uma suspensão... Depois, ele ouve que lhe despejam (o leiteiro tinha, tinha ameaçado cortar-lhe o leite...) que lhe despejam festivamente o leite. (O jorro é forte, cantante, vem de muito alto...) – Fecham furtivamente a porta... Escapam passos leves pelo pátio... Nem se ouve o portão bater... E ele dorme.*
>
> Dyonélio Machado, *Os ratos* (final)

### Rio de Janeiro, 1942

NAZIAZENO BARBOSA dormiu e acordou no dia seguinte, e na noite desse dia dormiu de novo e...

Bem, assim se passaram muitos meses.

Naziazeno abandonou a esposa, o filho e o mundinho em que vivia, um mundinho em que se podiam ouvir até os ruídos de um rato roendo o dinheiro do leiteiro, sim, abandonou tudo e todos e foi para a capital da República, foi para o Rio de Janeiro.

Todo mundo, até ele, Naziazeno, tem direito de recomeçar sua vida.

Ah, enganam-se os que pensam que certos personagens simplesmente acabam quando o livro termina, que viram pessoas de papel e letras e ficam lá, adormecidos, entre duas capas, entre dois outros livros na estante cheia de pó e abandono.

Naziazeno sabia disso. Sabia que, ao contrário do que se pensa, a vida muitas vezes mal consegue refletir a realidade da ficção.

Dois meses depois de desembarcar no Rio de Janeiro, com a ajuda de um conhecido seu gaúcho, nosso personagem arrumou emprego no Hotel Flórida, na Rua Ferreira Viana, no Catete; aliás, bem ao lado do Palácio do Catete, residência de um outro gaúcho que tomara o Brasil de bombachas: Getúlio Vargas, presidente e "pai dos pobres".

Naziazeno trabalhava na portaria do hotel, passava a noite tomando conta da recepção. Nem teve tempo de conhecer a Cidade Maravilhosa; não podia nem ir ao Cassino da Urca, jogar na roleta, agora que tinha salário, e dar uma espiada nos shows de Grande Otelo e Carmem Miranda, com aquele seu chica-chica-bum tão diferente, tão distante da sua sisudez porto-alegrense.

Cerca de oito da noite. Um homem magro e alto, sobrancelhas tão espessas quanto o bigode, óculos de doutor, aproximou-se da recepção, o porteiro atrás dele, carregando a mala. Naziazeno saudou-o com um sorriso contido, seguido de um silêncio respeitoso – e adiantou-lhe a ficha de hóspede.

Enquanto o homem alto preenchia a ficha, Naziazeno deu-lhe as costas para escolher a chave do quarto. Quando se voltou, pousando a chave no balcão, seus olhos deram um vôo rasante na ficha. Segurou a surpresa e o espanto para que eles não se revelassem em seu rosto (porque, é claro, nunca se haviam visto antes), mas conseguira gravar o que acabara de ler:

"Nome: Dyonélio Machado
Profissão: médico e escritor
Procedência: Porto Alegre..."

\*\*\*

Noites depois, certa aproximação desejada por Naziazeno foi possível, mas difícil, com palavras de reserva e olhares de quem tateia no escuro.

Finalmente, na noite anterior à partida de Dyonélio Machado, sem quase movimento no hall do Hotel Flórida, deu-se a conversa entre criador e criatura.

— Dr. Dyonélio, desculpa a minha ignorância, mas li num jornal que *Os ratos* pertence à segunda geração do modernismo. O que vem a ser isso?

— Uma bobagem, não se preocupe. Esse modernismo deve ter influenciado a literatura brasileira porque grande parte da mocidade que escreve toma a história da literatura brasileira a partir desse movimento. Examinando os meus livros, há de se ver que eu não fui modernista coisa nenhuma. Ao contrário, examinando o passado, quis compreender o presente e me aproximar assim dos clássicos.

Mesmo sem entender, Naziazeno sentiu-se um pouco (mas só um pouco) mais à vontade e arriscou perguntar a Dyonélio Machado...

Bem, era pergunta que sempre quisera lhe fazer, que era uma forma de perguntar como ele, Naziazeno, havia nascido:

— Como é que nasce um romance, Dr. Dyonélio?

— Essa é uma história longa — falou Dyonélio. — Só posso falar de *Os ratos*, que deve ser o romance a que tu te referes...

— Se o Sr. não se importar, eu tenho tempo...

— Vou tentar resumir... Era uma época em que eu não tinha mais ilusão com a literatura nem com a medicina, que havia abandonado há nove ou dez anos por necessidade de trabalhar. Minha filha estava doente e nos trazia a vida em sobressalto. Um dia, minha mulher pediu para eu voltar a estudar medicina, nem que fosse para cuidar da nossa filha, e eu voltei. Chegava a estudar dezessete horas por dia. Minha mãe também andava doente. Um domingo, eu estava em casa estudando, quando minha mãe chegou e disse que não tinha conseguido dormir a noite toda com medo, medo de que os ratos roessem o dinheiro que meu irmão havia deixado na cozinha para o leiteiro. Senti uma emoção enorme com aquele drama. E escrevi um conto, mas depois vi que o conto não tinha a mesma emoção que eu havia experimentado na conversa com a minha mãe, não valia nada, era um conto banal. Passei nove anos pensando nisso, até descobrir que o drama não estava nos ratos, nem no leiteiro, nem no dinheiro, mas sim na dificuldade em conseguir o dinheiro. Érico Veríssimo, que não gostava do que eu escrevia, gostou de *Os ratos* e me chamou a atenção para algo interessante, os amigos de Naziazeno... bem, os seus amigos, Naziazeno... eram semivigaristas, mas com a bondade de um pobre homem. Eu levei nove anos pensando nisso e escrevi o livro em vinte noites...

Dr. Dyonélio parecia ter desabafado. Não era sempre que podia falar de literatura, muito menos que alguém se interessava por seus romances. Andava esquecido há décadas, os livros nunca reeditados.

— Então foram dificuldades da vida... – disse Naziazeno e, sem saber por que, sentiu-se meio culpado.

— Eu tenho duas vidas – disse Dyonélio Machado, ensaiando uma despedida. – Uma antes e outra depois da prisão da ditadura. Mas nunca fiz política na ficção. Fiz política nas praças, na Assembléia, na... própria polícia e na prisão.

Embora não fosse dado às letras, um pobre homem que era, a partir daquela noite Naziazeno Barbosa começou a alimentar (por que não? Fora personagem, não poderia ser autor?) a vontade de escrever um livro no qual o centro da atenção não seria ele e sim o Dr. Dyonélio.

Seria uma doce vingança. Seria, não fosse aquela vontade passageira apenas devaneio de um pobre homem perdido atrás de uma recepção do Hotel Flórida naquele ano de 1942...

(Rio, 1995)

# CONTOS ACHADOS

## JC na TV

(CONTO ACHADO, ou conto *ready-made*, colhido na televisão, na madrugada de 5 de junho de 1997.)

*Mulher* – Minha vida era um desespero só, pastor; eu tinha um companheiro mas fazia questão de sair sozinha à noite pelas ruas, à procura de alguma coisa. Acabei me drogando e vendendo o meu corpo, me prostituí, me tornei uma pessoa possuída. Um dia cheguei a pegar uma faca para matar meu companheiro e também pensei muito, mas muito mesmo, em suicídio...
*Pastor* – Pensou em suicídio...
*Mulher* – Sim, pastor, foram dezoito anos de sofrimento e humilhação...
*Pastor* – E quando aconteceu de a senhora ter encontrado a salvação em Nosso Senhor Jesus Cristo, amém!?
*Mulher* – Um dia eu tava arrasada lá em casa, jogada no chão, e resolvi ligar a televisão e vi então o senhor, pastor, dizendo "Só Jesus salva!", e aquilo me tocou na hora, pastor, e a partir daí comecei a freqüentar a Igreja Universal e hoje sou outra mulher...

*Pastor* (*tom didático*) – Quer dizer, se a senhora tivesse encontrado Jesus Cristo antes, teria poupado muito sofrimento?...
*Mulher* – É verdade, pastor, não teria deixado o Diabo tomar conta de mim...

(In *Nonadas, o livro das bobagens*)

# Últimas notícias do Romantismo francês

(EM QUE se conta a verdadeira história de amor entre George Sand e Alfred de Musset, nas próprias palavras dos protagonistas, vindo a ser, portanto, na prática, um "conto *ready-made*".)

1

"Minha cara George,
Tenho algo idiota e ridículo a dizer: estou apaixonado por você.
Musset"

2

(Mas o tempo, mesmo entre parênteses, passa rápido e deixa suas marcas.)

3

"Ah, meus olhos azuis, não mais olhareis para mim! Linda cabeça, não mais verei te inclinares sobre mim e te velares de um doce langor. Meu corpo ágil e quente, não mais te deitarás sobre mim, como Eliseu sobre seu filho morto, para me reanimar. Não mais me tocarás as mãos, como Jesus tocou a filha de Jairo, dizendo: 'Levanta-te, menina!' Adeus, meus cabelos louros, adeus, meus ombros brancos, adeus, tudo o que eu amava, tudo o que era meu. Beijarei agora, em minhas noites ardentes, o tronco dos pinheiros e as rochas nas florestas gritando o teu nome e, quando tiver sonhado o prazer, cairei desmaiada sobre a terra úmida.

Sand"

(Marnay-sur-Seine, 2004)

# Ficção científica

UMA MULHER está deitada sozinha em seu apartamento.

Só isso; nada mais do que isso.

Ela está em profunda depressão, pois sabe que todos os outros seres humanos do planeta morreram.

Foi então que bateram na porta.

(Conto roubado: T. B. Aldrich, *Works*, 1912)

# Final para um conto sobrenatural

— QUER DIZER que você... é um fantasma? — disse ela, lívida.

— Em carne e osso — respondeu ele, com um sorriso que foi se desvanecendo aos poucos.

# QUASE CONTOS

## Política

— A VIDA é política – disse Dr. Brecht.
— A política é fundamental – disse mestre Ambrósio – mas não é nem pode ser o cerne da minha vida.
— E no entanto... – concluía Dr. Brecht
— Eu sei: tem muitos no-entantos, todavias, poréns. Mas, como Machado, tenho "tédio à controvérsia". Em vez de discussões, se quiser posso te contar uma historinha.
— Então conta – respondeu Dr. Brecht, paciente.
— Poderia se chamar "O imperador das Ilhas de Longe" – disse mestre Ambrósio. – E é assim:

"O imperador das Ilhas de Longe nomeou seu cavalo primeiro-ministro, e, como sua montaria, convocou um homem do reino.

"Ao notar que esta nova ordem das coisas resultava na prosperidade do país, um veterano assessor aconselhou o rei a passar a morar nas pastagens e colocar um boi no seu lugar, isto é, no trono.

"– Não – reagiu o monarca, com um ar pensativo. – Um bom princípio, levado às últimas conseqüências, pode se tornar nefasto. Uma verdadeira reforma nunca deverá chegar a ser uma revolução."

*(D´aprés The limit,* de Ambrose Bierce)

## Aquela história de 8 ou 80

UM ANÃO costumava dizer:
"O que vem de baixo não me atinge."
Não se sabe se estava sendo irônico ou inconsciente.
A verdade é que nunca foi atingido.
Já o gigante, cuidadoso, jamais disse:
"O que vem de baixo não me atinge!"
Estava mais preocupado com as copas das árvores, os fios dos postes, a altura das portas, o céu de todos nós.
Enquanto isso, numa outra região, o Nada implorava ao Tudo:
"Por favor, me encha um pouco, um pouquinho só!"
O Tudo respondeu:
"Só se você conseguir me esvaziar de tanta carga que eu carrego nas costas."
Já o Tatu, que não estava nem aí, pensava:
"Quem espera sempre descansa."
Mas isso é outra história.

## A humanidade está em obras

> *Que peso tem um coração vazio!*
> Marques Rebelo, *A guerra está em nós*

AHH!
Arre!
Ufa!
pa!
Opa!
Oiga-lê-lê!
Nada,
nada,
nada a fazer,
nada a dizer.
Uma pontada no coração. Coração? Ora, nem todo dia é dia de. Dia D. Sim, nem todo o dia é dia de se escrever um conto. Conto, coração? Se nem tenho coração. A dramaturgia está do lado de fora? Cai o silêncio, respiração, conspiração. Cabeça vazia? Coração e miolos, só no açougue: duzentas gramas embrulhadas em papel pardo, jornal velho por cima. Tudo na vida acontece, amor – deixa de acontecer. Chega a passo de gato, ladrão, sem hora certa, aviso prévio – sem dia marcado, a ferro e fogo. Água, mais água! Marcadas, as cartas. Baralho, tarô, envelopes carimbados, via aérea, via terrestre, via marítima. Por golpe de mão, golpe de palavra, número, imagem. Vem e chega, como um ladrão. Como um felino – gatos, à noite todos são pardos, como o embrulho do

açougueiro – e o resultado é o de sempre, ao mesmo tempo renovado, nunca o mesmo: vazio, buraco. Talvez, quizás, quizás, quizás, *maybe* (talvez, pequena palavra que consola de tão grande que é na boca de um hamlet urbano), o ponto onde a metafísica e o jogo se encontram, se desencontram, se cruzam, se bifurcam, o jardim das delícias e das mangueiras que se bifurcam: sibilinas palavras com "s": Ser e Sorte.

O que fazer quando não há nada a fazer? Descaminhos, estradas; dados, faltas e falas, esperas – e esperamos, sentados à beira do caminho, em pé, dormindo, acordado, caminhando. Chutando o vento; não, não, sem cantar na chuva. Para onde, como, o quê? A hora agá, hora H sem saga nem nada – o xis do problema é o ipsilone da solução?

– O que é isso, Vidigal?

Vidigal é meu assessor e secretário, me ajuda a me perder, a não fazer nada, coitado do Vidigal, um dia aqui, outro ali, tal e qual e distinto, de pose e diferença.

– Hein, me diz Vidi...

Inútil paisagem, inútil diálogo, inútil trilha sonora.

Vidigal não responde. Nem poderia: hoje é seu dia de folga. E sem ele me distancio mais ainda do... fio da meada da vida? – o fio com que se tece trama e tapete pra se sair do lugar escondido. O fio do frio. A vida avista a vista a brincar de esconde-esconde, ou então ele partiu para um lugar invisível ou imaginário, ele, o fio. Não dizia eu logo no início que de vez em quando ou de quando em vez ou com mais freqüência do que gostaríamos, acontece, aconteceu, aconteceria ou está acontecendo?

Só não se (ou pronome menos indefinido: eu) sabe o quê. O que mesmo? Ora, um branco, no escurinho, necessidade de dizer alguma coisa que não aparece para ser dita ou contada, e nada é branco, muito baralho por branco, the rest is silence.

— Nada incomoda mais do que o silêncio, não incomoda, Vidigal? Mesmo ausente, meu auxiliar de devaneios, meu ajudante de ociosidade, responde:

(Responde com o silêncio.)

Me aproximo da janela, procuro a rua para encarar os donos das calçadas, os donos do mundo. Que me entram a rua e o mundo dentro de casa através do seu próprio barulho e do barulho das máquinas. Máquinas de escrever? Máquinas de rasgar o asfalto, máquinas das obras do metrô que me enchem os ouvidos e as medidas, lá fora neste Rio de Janeiro de 1978, ano do Dragão e da Desgraça com seus sintomas inaugurais do apocalipse que se aproxima com passos de elefantes e dinossauros enquanto as máquinas rasgam sem pena a pele, a carne, o ventre da terra.

Mas é isso, ou mais do que isso: a ação é subterrânea, obra de minhocas, do homem, de vermes (vermes silenciosos pelo menos, como as minhocas, lá onde o sol é escuro porque não chega, não existe – por isso é solo e não sol). Ação definida, definitiva e subterrânea, cisma o narrador: básica, fundamental. Sem ela, adeus, adeus coração, adeus histórias. Carro anda sem movimento? "Progresso" sem destruição? "Melhorias" sem "piorias"? Barulho sem silêncio? Mas carro, o mundo, anda? Para onde?

A humanidade está em obras:

*(A humanidade está em obras*
*por isso tanta destruição pelo ar!)*

e o narrador, da janela, penetra, lançando os olhos como setas, no buraco do metrô; atravessa um túnel, sai do outro lado numa bouche do subway de Paris ou Londres e.

Sim, e, ponto. E o que foi ele fazer lá nos estrangeiros ou o que anos atrás lá fizera além de viver era coisa de que não mais se lembrava. (Seria o caso de voltar, retornar ao cotidiano, à ação da humanidade? Naquelas calçadas estrangeiríssimas teria ele perdido o fio da meada para sempre?)

"Mas que nada, sai da minha frente que eu quero passar", canta Jorge Ben no aparelho de som.

"Eu sei que vocês vão dizer que é tudo mentira, que não pode ser", canta Lupicínio no aparelho de som.

Mas, como! Dois discos ao mesmo tempo? Conclusão precipitada porém compreensível: não seria a ação subterrânea? Pois entre uma dúvida e um pensamento baldio o narrador venceu o imobilismo e trocou de disco só não trocando o clima e o discurso correndo soltos com as palavras mais rápidas do que seus dedos e mãos.

Fica assim então dito e deixa o desdito para depois. Que vez por outra ou outra por vez,

ahh!
arre!
ufa!
êpa!
opa!
oiga-lê-lê!
nada!
– acontece, tudo na vida acontece, amor.

Suponhamos: hoje não é um bom dia para escrever um conto e todo tipo de cogitação, inspiração, meditação em torno de escrever ou não escrever um conto não –

O narrador fecha a janela. Escreviver é muito perigoso.

(Rio, 1978)

## Prometeu acorrentado

PELO HOMEM, pus minha mão no fogo.
Me queimei.
Agora só me cabe apelar:
— Livrai-me dos abutres, ó Zeus!

# O poço

PEGUEI o elevador.
O elevador caiu no poço.
Saciei a minha sede.

*(ou, opção do leitor:)*

Ih! Estou caindo noo poooço!
Meu Deus!
será que o poço
tem túnel?

## Nota para construção de um personagem

O CLÍMAX do romance seria quando...

Bem, Peri se preparava para enfrentar uma jaguatirica.

Mas eis que surgiu um problema: impasse da ação ficcional.

No momento X, Peri ficou peripatético, pois não sabia que a jaguatirica, quando fica braba, fica, como ficou, jagua-ti-ri-ri-ca.

# Sangue nos olhos

(BATIDA no morro:)

verde de ver
roxo de fome
amarelo de medo
vermelho de raiva

touca ninja
pés descalços
peito nu
sangue no braço
sangue no rosto
sangue nos olhos

(Relatório do IML:)

morto em decúbito dorsal,
hematomas pelo corpo todo.

## Maçã no escuro

A DAMA DO LEME apalpa uma maçã no escuro.
Sobressalta-se com o tic-tac do relógio:
É a hora, a hora da estrela e do lobo:

Tudo e nada na balança da Casa do Tempo,
quando passado invade futuro e o presente
é apenas uma pergunta pré-socrática.
(Nessa cidade sitiada,
"a verdade é um instante".)
Só e só
como quem desata amarras, laços de família:
— onde estivestes à noite, Dama do Lume?

O lustre, o lastro, olhos de lagarto,
ela caminha a apalpar seus arredores
na via-crúcis do corpo. Barata alguma
a lhe invadir a consciência e a filosofia.
Nada de legiões estrangeiras, nada
de imitações da rosa:
A felicidade é clandestina!
Ela sonha, ela grita, ela chora, ela ri
o invisível riso do ser diáfano.

A Dama do Leme come sua maçã no escuro
e pulsa, pulsa
o coração selvagem da vida.

# Crepúsculo dos deuses

1

QUE TEU coração enterneça,
poluído homem urbano:
Kaváfis não deu um tiro
na cabeça: escreveu um poema.
Já leu?

2

Que teu coração enterneça,
homem urbano/poluído:
Cesare Pavese terminou
de escrever *Ofício de viver*
e deu um tiro no ouvido.

3

Nelson Cavaquinho bebeu demais
— um porre não lírico
mas homérico. Perdeu
seu cavaquinho.
Ficou sem sobrenome.

Que teu coração enterneça.

# Malvadeza Durão
(1981)

## Duas cartas

*1*

LISBOA, 26/III/1981
Prezado camarada,
*No lufa-lufa em que vivo, ando sempre atrasado. Peço-lhe que compreenda e desculpe. A verdade é que lhe estou duplamente grato: pela oferta de* Os subúrbios da criação, *páginas vivas de críticas e de crônica onde frui o encontro com uma personalidade excepcional, e pelos dois tensos, vigorosos contos que destinou à Colóquio/Letras. Na seção de conto, vamos renovando sempre o naipe de colaboradores – portugueses, brasileiros, africanos; por isso retenho o excelente "Malvadeza Durão" e lhe devolvo o igualmente vigoroso, tenso, "Último filme na TV Paulista". Rogo-lhe que mantenha "Malvadeza Durão" inédito,* mesmo no Brasil ou algures: *é condição imposta pela revista desde o 1º número, já lá vão dez anos. Receberá depressa o número em que o primeiro dos referidos contos sair. (Algum tempo depois, o respectivo cheque.)*
*Um cordial abraço, com admiração e estima do*

Jacinto do Prado Coelho

2

*É esse* [Malvadeza Durão], *sem dúvida, o seu melhor livro. Você teve a idéia feliz de fazer viver suas personagens picarescas através de sua linguagem crua, cruel, colorida, cínica, imaginosa. É na linguagem que eles se realizam. Analfabetos ou pendentes, bêbados ou drogados, manifestam pela linguagem não só sua condição momentânea, mas seus antecedentes, seus sonhos e seus medos, e essa manifestação tem tanta força que relega a própria história para o segundo plano. O seu livro, que constitui ele próprio um estudo de ambientes fechados, oferece materiais amplos para o estudioso da fala viva. Dou-lhe sinceros parabéns por ter encontrado o seu caminho.*

Paulo Rónai

# O estripador

— TEU NOME não é Carlos?

Se meu nome é Carlos. De repente ela surge não sei de onde e pergunta se meu nome é Carlos. Por quê? E afinal quem é ela? Que história é essa, de eu vir andando no meio da noite numa ruazinha tranqüila e esta mulher aparece na minha frente e me pergunta se meu nome é Carlos? E a que Carlos ela se refere, pois Carlos é apenas uma possibilidade entre tantas: Carlos Magno, Carlos V? Ou será Charles, Charles Boyer? Eu tenho vários nomes, mas nenhum deles confere com esse, o proposto, o suposto, o sugerido de Carlos de Tal. Não, tenho certeza: meu nome não é Carlos.

— Sim, meu nome é Carlos.

— Como é que eu sei, hem? Sou kardecista...

Ela é kardecista, muito bem, e como é que ela sabe, hem? E eu como é que fico nisso tudo, com um espírito me interpelando no meio da rua, no meio da noite? Espírito: Edgar Allan Kardec? Não, meu nome não é Carlos, definitivamente – ou então assim é, se assim lhe parece. Já fui crente, testemunha de Jeová, não fumei, não dancei. Conheci alguns espíritas, nunca me interessei em ser um deles. Prefiro andar sozinho, espírito ou não. Lon Channey, Boris Karloff? Afinal, os espíritos assustam, não é? Espírito das trevas, espírito do mal? Me dá um arrepio.

— Vi logo que você se chamava Carlos. Por que não me dá um cigarro?

Realmente, não havia razão nenhuma para que não desse a ela um cigarro. Ia dizer que não fumo, que minha religião não permite, mas me lembrei a tempo que não tenho mais religião e tirei o maço do bolso e dei um cigarro a ela.
— Obrigada, Carlos.
De nada, Espírito das Trevas: penso e não falo. Ela é quem fala:
— Hoje eu saí porque fui atender uma alta-patente. Sabe, eu não saio muito, só uma vez por semana para me encontrar com ele. Vou lá e ele me adianta alguma coisa. Mas hoje ele não estava. Não faço isso sempre, não; sou espírita, entende. Só por necessidade, e só com gente limpa, de vez em quando.
Ela não faz isso sempre. Muito bem: isso o quê? Ah, santa ingenuidade! Já sei. Por dinheiro, não é? Tem um nome pra isso. A cidade está progredindo, uma mulher a mais, e uma mulher que me intercepta no meio da rua, no meio da noite, cortando meus pensamentos e dizendo que só faz "isso" com gente limpa e que...
— Você é limpinho...
... faz com que eu seja todo ouvidos, prestando atenção à grande revelação, à mensagem que ela tem para me comunicar.
— O hotel é quinze cruzeiros, não quer ir?
Ela quer que eu vá para um hotel e esse hotel custa quinze cruzeiros. Pra quê? Está bem assim, está bem aqui.
— Vamos, limpinho...
E ela, a aparição, é feia. Terrivelmente feia. E de uma feiúra que me atrai. Como um feitiço, ímã. Ah, Bette Davis mal-vestida, Bette Davis mal-ajambrada, subdesenvolvida. Eu vou com você, sim, vamos para as colinas da vida viver nosso grande romance...
— Hem, benzinho...
O que é que ela quer? Não vou, não. Dinheiro não tenho, vontade não tenho. — Só um instantinho... É barato...
Feia como a necessidade. Necessidade de...

— Se você quiser a gente fica bastante tempo. Faz amor demorado, gostoso...

Gostoso, demorado. Minha atração é tão forte que eu gostaria de... E se eu a matasse? Porque no meio da noite e da rua seria um crime perfeito: matar uma desconhecida e depois desaparecer na poeira da cidade grande. Pois é, ela não sabe mas corre risco, de morrer. Não sabe ela que estar vivo é sempre uma possibilidade de matar ou de morrer? Sim, poderia matá-la, matá-la por ter se metido na minha vida, por ter interrompido meus passos nesta rua tranqüila.

— Sei que você não é alta-patente. Não faz mal. Paga quanto quiser. Quebra o meu galho...

É agora uma voz que suplica. Alta-patente — por que alta e por que patente? Atraentemente feia, matá-la seria uma forma de me submeter a ela, à sua feiúra. Não, não posso matá-la. Mas foi ela quem interrompeu minha caminhada, foi ela quem desorientou meus pensamentos — e agora estou parado no meio da cidade. De onde vinha e para onde ia? Eu me encontrava em alguma situação em que não mais estava agora, graças a ela. Por isso...

— Se você acha que o hotel é caro, a gente vai prum canto escuro aqui perto. Faz só sacanagem. Você não gosta de sacanagem, hem, Carlinhos?

Ela está falando com Carlinhos. Carlinhos. Quem é Carlinhos? Tenho vários nomes, mas não esse. Sou quíchua, sou aimoré, sou xavante e bororó. Meu nome é Tiaraju, sou filho das matas, guerreiros, ouvi. Sou português e árabe e judeu. Sou inglês, meu nome é Jack, Jack, o Estripador. Meu nome é Américadosul, sabe... Eu sou esta mistura, eu sou esta cidade noturna...

— Você tem certeza que teu nome é Carlos? Vamos, limpinho...

Meu nome. Ela ainda insiste. Novamente meu nome. Uma palavra, uma possibilidade, uma necessidade. Ela é espírita,

poderia pelo menos me dizer, me situar, apontar meus pontos cardeais.
Onde estou, onde sou?
Caminhar ou ficar parado – faz diferença? Um gesto, um grito. Ouvi-la mais ainda?

Em silêncio apalpo meu canivete no bolso.

(1974)

## Malvadeza Durão

> *Morre-e-eu Malvadeza Durão,*
> *valente, mas muito considerado...*
> Samba de Zé Kéti

NÃO ENTENDO muito bem por que o senhor tá querendo saber de Malvadeza Durão, mas vamos lá. Não se ouve falar mais nele hoje; pode fazer um teste, pergunta aí pra qualquer moleque do morro: nunca ouviram falar. Eu conheci ele muito bem, é verdade; numa época a gente foi amigo, depois ele andou me fazendo falseta, me afastei. Conheci Malvadeza como conheci outros valentes: Miguelzinho da Lapa, Bola Branca, Coisa Ruim, que morreu com a boca cheia de formiga, Mineirinho. O Nelson Barbante também conheci, mas foi mais tarde. Diziam que ele avoava. Mas veja só o caso do Mineirinho: era um bom menino, sempre foi; nunca entendi como conseguiram transformar ele num criminoso. Não era não: ele até dormiu lá em casa uns tempos, era bom com as crianças, conheci bem. Chegou de Minas e andou desempregado, aí pegaram ele por vadiagem, prenderam, bateram, empurraram ele pro crime. No começo foi coisa leve, depois entrou a polícia de novo na história e os jornais também e pintaram o retrato dele como um inimigo público, que não passava de uma desculpa pra depois encherem a caveira dele de tiro. E olha que foi antes desse tal de esquadrão da morte...

Já o Malvadeza Durão era diferente.

Malvadeza fazia jus ao apelido: era malvado mesmo e duro, durão; com ele ninguém podia; ninguém dobrava o homem, nem a polícia nem o caralho-a-quatro. Pode ser que outros pintem um retrato melhor do indivíduo, mas é assim que eu vejo a coisa. Pode ser que digam, por exemplo, que ele foi uma espécie de herói. Pra mim, não, violão, que eu não sou bobão. Se foi herói, foi herói do mal, da pura malvadeza.

Se escondia lá pros lados do Éden. Conhece o Éden? Tem paraíso no nome, mas vai morar lá, vai: é um inferno, meu filho. Hoje mais ainda, pois naquele tempo ainda havia malandragem, havia especialista: Fulano só roubava carteira; Beltrano só assaltava casa. Hoje não, que todo mundo virou assaltante, de revólver em punho. Terminou a malandragem, agora é só banditismo.

Mas como eu ia dizendo, ele vivia lá no Éden com a mãe, uma velhinha que servia de pombo-correio pro pessoal da pesada, tóxico brabo, que deixavam lá no barraco com ela, sem que ninguém fosse desconfiar – e mais um irmão que era lelé, lelé, doido de rua; e uma irmã que só aparecia de vez em quando: ela trabalhava lá atrás da Central, depois no Mangue; fazendo a vida. A mãe, mesmo velha, bebia, com perdão da má palavra, até o cu fazer bico. Tava sempre assim, mareando; nem em pé nem sentada, ventando. Um dia ela encontrou o filho lelé na rua, que não via há tempos. Acenou de longe. Ele então chamou ela e disse: me dá um abraço. Ela deu. Depois ele disse: vamo ali praquele cantinho. Ela entendeu na hora, sacou: que é isso, seu sem-vergonha de merda, sou sua mãe! E ele nem se tocou: não faz mal, é rapidinho, rapidinho. Parece piada, mas não é não: foi ela mesma quem me contou.

Dá pra entender? Pois o Malvadeza cresceu solto, só vendo brotar maldade à sua volta, como erva daninha. Aos dez anos já fazia assalto. Aos quinze, tava diplomado: matou três numa briga.

Dizem que foi por causa de que xingaram ele e a mãe dele. Malvadeza não piscou: passou fogo.

Teve uns tempos que ele ficou dando o golpe do ônibus. Ia com mais dois, geralmente o Horroroso e o Minhoca, ali pro Flamengo; esperavam um ônibus cheio, entravam; lá dentro se serviam, batiam carteira, pegavam o que pintasse, e aí passavam pro outro; desciam, se mandavam.

Mas isso era refresco, o trabalho leve do Malvadeza. Ele andou batalhando pro Serginho Maracanã, que era o rei do jogo do bicho. Batalhava na linha de frente: quando Serginho Maracanã precisava fechar um concorrente, avisava Malvadeza, que ia atrás do sujeito e, sem piscar, abria uma cratera na testa dele. Pronto, um presunto a mais.

Aos vinte e um anos – é o que contam – Malvadeza já carregava uns vinte e tantos mortos na consciência, que ele aliás nem tinha. Por esta época, andava se virando por conta própria. E bebendo como um condenado do inferno, embora nunca se notasse – quer dizer, ninguém nunca viu ele caindo pelas tabelas, babando de bêbado. Já de manhãzinha, antes de botar pra dentro qualquer rango, derrubava um copo inteiro da branquinha, assim, de um gole só, fazendo fundo-branco. Com isso se calibrava pra enfrentar o dia, que pra ele era sempre mais um dia de crime.

Não sei se era isso que o senhor tava querendo escutar, sabe como é, a lenda é sempre mais bonita que a verdade, e o Malvadeza até samba virou. É poesia, e a vida dele não tinha poesia não. Até pode-se dizer que existem dois Malvadeza Durão, o do samba e esse outro que eu conheci e tou lhe contando. Pode até ser que o Malvadeza do samba seja mais verdadeiro, não é?, e eu é que esteja exagerando na dose, coisa de memória ruim, raiva dele, maneira minha de ver as coisas, sei lá.

Agora, tem uma coisa: valente o Malvadeza era, valente e muito considerado. Ninguém ia lá mexer com ele, não, porque, se mexesse, abotoava logo o paletó, ficava com uma avenida no meio dos cornos. Podia ir encomendando antes o pijama-de-madeira. O homem era respeitado, não tinha medo nem da polícia, aliás a polícia é que tinha pavor dele. Várias vezes enfrentou os home sozinho, encarava eles de frente e dizia assim: deixa comigo!, tá comigo, tá com Deus! Uma feita foi com três meganhas que cresceram pra cima dele de revólver e com tudo em cima; Malvadeza tirou o revólver de um deles no tapa e despachou os três pro outro mundo, que não era bobo de ficar com chance de vingança atrás dele. Limpei minha barra, ele dizia quando fechava um arquivo, mandando pro beleléu alguém que poderia, amanhã ou depois, representar uma ameaça pra ele. Malvadeza não deixava pista nem sombra.

O que é que eu podia lhe dizer mais? Deixa ver... Que ele era franzino. Pequeno, magro e seco, rosto chupado, de gente ruim. Nunca␣sorria, mas de vez em quando se amarrava num papo-furado. E era o rei da ronda, bisca, carteado. Também no jogo de dados ninguém ganhava dele – e quem ia ter o topete? Ah, diziam também que tinha o corpo fechado, pacto com Tranca-Ruas. Cascata, na minha opinião. E que ele tinha vindo ao mundo pra fazer o mal. Coisas assim, mas de tudo se falava, sempre havia alguma coisa de verdade. Por isso eu digo: de um pouco de mentira e de um pouco da coisa verdadeira se faz o retrato do home. Ele transava com o Exu-das-Sete-Estradas, isso eu sei.

Tá sendo de serventia isso tudo que eu tou contando? A gente fica conversando assim à toa, desfiando o passado. Acho que minha memória tá cheia de buracos; é pouca. De uns tempos pra cá ando baralhando as coisas, deve ser a idade. Se o senhor tá a fim de saber mais, é melhor procurar a irmã dele. Acho que ainda vive. A última vez que ouvi falar dela, tinha montado casa de puta lá em Três Rios.

O nome de Malvadeza não sei; ninguém sabia. Chamaram Malvadeza Durão, Malvadeza Durão ficou.

Aí teve o fim dele, ia quase me esquecendo – que todos nós temos um fim, não é?

Um dia entrou mulher na história – e mulher dos outros. E quando entra mulher assim no meio, pode acreditar, mela tudo, acaba terminando em sangue. Com tantas e tantas malvadezas que fez na vida, não houve castigo pra ele; não houve valente mais forte, não houve polícia que desse jeito.

Talvez Malvadeza Durão tivesse vivo até hoje – aí ele mesmo podia contar a história, melhor do que ninguém. Se não mentisse, o sacana. Mas acontece que ele se engraçou com uma tal de Durvalina, uma crioula boa-gente, que trabalhava em casa de madame. Ela não tinha nem dezoito anos, era ainda de-menor. Bonita como-o-quê; com perdão da palavra, um verdadeiro tesão. Parece que numa noite escura Malvadeza viu ela se esfregando com outro sujeito; depois chegou pra ela e ameaçou: se não der pra mim dou o serviço pro teu cara. Ela conseguiu escapulir, negaceou e se mandou. Mas ele não largou ela de mão, não, que quando cismava com alguém ou alguma coisa, sai de baixo. Tanto pintou, tanto fez, tanto assediou e ameaçou que a coitada da Durvalina acabou tendo de dar pra ele.

Foi lá, marcaram encontro – ela naquela base de horror. Mas antes, apavorada, avisou o noivo, um sujeito tranqüilo, batalhador, motorista; se não me engano, da Viação Saúde. O rapaz não conversou, foi lá na hora X e pegou Malvadeza sem calça, já em cima da mulher.

Deu cinco tiros nele.

Assim acabou o corpo fechado do Malvadeza Durão. Depois parece que o cara da Durvalina foi preso. Não merecia. O senhor, no lugar dele, fazia o quê, hem? Pois é.

(1976)

## Se continuar assim, Coisa Ruim vai acabar com a boca cheia de formiga

— HÁ QUANTO tempo, Coisa Ruim?
Ar abobado, Coisa Ruim olha em frente.
— Coisa Ruim, há quanto tempo Bacalhau morreu? Mataram ele.
— Eu, hem.
— Fui eu não.
Coisa Ruim dá uma tragada forte e passa o cigarro de maconha pra Vavá. Fala:
— Vê se não enche o saco. Não me chamo Manoel, não moro em Niterói nem em Nilópolis, nunca matei Bacalhau nenhum, cujo aliás nem conheço. Além do mais, não tou aqui conversando contigo e nem tu tá aí me ouvindo, falou?
— Falou.
— Então tamos conversado, deixa a minha pessoa de fora dessa jogada. Pensando bem, malandro, tu acabou de te entregar. Matou o Bacalhau, né?
— Matei não.
— Tu falou...
— Falei não. Tu tá é começando a misturar as idéia.
— Nego tá muito doido. Acho que não tou entendendo mais nada.
— Quantos charos a gente já pegou?

— E eu sei? Quem conta é contador. Perdi as contas, perdi o ônibus, perdi as calças, perdi...

Vavá começa a rir:

— Vê se não perde a vida, crioulo.

— Nego sai de cada uma, depois nego entra em cada uma...

— Não me faça rir. Como é que você me dá uma dessa, logo depois daquela...

Os dois riem. Os dois fumam.

— Fazer rir? Num faço nada malandro, como é que vou fazer se não me deixam...

Vavá agora finge, só finge, que puxa o fumo. Coisa Ruim, olhos dançando, desligado:

— Tou ligadão, malandro. Eu vinha pela rua Gomes Freire, ali na Lapa, quando um desgraçado de um pau-de-arara me agarrou pelo braço e me pediu para inteirar algum. Me disse assim: paga uma média ou uma cachaça, pode escolher. Vê se pode.

— O que é que tem a ver...

— ...o cu com as calças? Nada. Aí eu saquei que ele tava a fim de pegar uma carona na minha loucura. Acho que eu tava dando bandeira. Malandro que é malandro olha e saca.

— Pagou ou não pagou?

— Paguei porra nenhuma. Sou lá otário, não me chamo Exército da Salvação. Mal tinha pro ônibus. Naquele tempo eu trabalhava em construção, vida cachorra, dureza. Agora eu sou – como é mesmo? – autônomo. Trabalho por conta própria.

— Qual é? Quantas carteiras tu bateu hoje, crioulo?

— Tá vendo esse terno aqui? Uniforme de trabalho. Tá vendo esta pasta jamesbond aqui? Material de trabalho.

— Vai querer me convencer que agora tu é funcionário. Dá pra explicar?

— Dá não. Chega de conversa fiada.

— Conversa fiada nada, agora que a conversa tá ficando afiada. Negócio seguinte: também tou querendo ganhar a vida.

— Melhor do que perder. Tá certo, simpatizei com a tua pessoa. A gente se conhece pouco, quase que só de vista, não é isso? Assim de longe, uma cachaça aqui, um papo ali. Vou te explicar, deixa eu te dar o mapa da mina.

Coisa Ruim acende mais um charo. Dá duas tragadas, rápidas e profundas.

— Tou esperando. Sou teu aluno, Coisa Ruim.

— Então aprende. Antes me passa um cigarro-de-lei aí...

— Tá na mão.

— Seguinte: eu dou o golpe da pasta. Saio bem-vestido, com a minha jamesbond vazia, às vezes vou acompanhado pro outro ficar só de olho, controlando o ambiente. Chego num banco, por exemplo, e fico só bisonhando a rapaziada, os otários todos. Fico assim, na base da psicologia. Aí saco um otário em particular, um desses bem-vestido e com uma pasta igualzinha à minha. Saco o cara e grudo nele, como quem não quer nada, olhando pro outro lado. De maneiras que o otário nem manje. De ladinho, sabe como é que é. Aí então, quando ele bobeia, troco de pasta e me mando.

— Ducaralho! E dá muita grana? — Vavá finge que fuma e passa o charo de volta pra Coisa Ruim.

— Vareia. As vezes é só papel, nego aproveita mesmo é o material de trabalho, a pastinha pra outro golpe. Mas pra tu ter uma idéia, uma vez peguei uma jamesbond com cem mil dentro, cem mil cruzeirinhos. Uma nota gorda.

— Porra. E o que é que tu fez com tanta grana?

— Fiz uma festa. Torrei, estourei. Comprei muito fumo e muito pó, peguei duas muquiranas na Praça Mauá e fui prum hotel da Baixada. No segundo dia, num tava nem entendendo mais nada, era uma zorra geral na minha cabeça. Aí as filha da puta me levaram o resto da grana toda. Fugi, num tinha nem pra pagar o motel.

— E nunca mais viu elas?

— O que pilantra faz aqui na terra, paga aqui mesmo.

— Como é que é?

— Procurei e encontrei. Esse pessoal tem vôo curto, anda sempre nas mesmas bocas, quando não tá numa, tá noutra. Procurei, procurei, e encontrei. Pagaram caro.

— O que é que tu fez, crioulo?

— Acende aí o charo que apagou. Tá querendo saber demais...

— Num quer falar, tudo bem.

— Aquelas filha da puta não incomodam mais ninguém.

Silêncio. Coisa Ruim puxa fumo. Vavá pergunta:

— Uma delas não era a Nicinha, do Cowboy?

— A Nicinha...

Vavá se levanta, num impulso. Segura uma 38 na mão direita; na esquerda, uma faca.

— Qual é? Qual é? — Coisa Ruim tenta se levantar. — Calma, o que é isso? A gente tá aqui numa boa, de repente começa a dar bode...

— É bode sim, bode pra tu, filho-duma-égua. Pega esse charo e engole...

Tenta enfiar o cigarro de maconha aceso na boca de Coisa Ruim, que se debate, meio sem forças:

— Peraí...

— Peraí porra nenhuma. Tu vai engolir essa merda nem que for na base da porrada...

Coisa Ruim, quase se arrastando, de costas, cara de espanto. Vavá na marcação:

— Tá bem, tive uma idéia melhor. Vira.

Coisa Ruim não se mexe.

— Vira, seu viado filho da puta...

Vavá dá um pontapé com força, um safanão. Coisa Ruim recua. Vavá bate com o revólver na cara dele. Sai sangue.

— Vira...

E com a mão esquerda, livre da faca, Vavá arranca as calças de Coisa Ruim, puxando com força. Vavá dá mais uma cutelada. Coisa Ruim tá de bunda de fora.

— Se tu nunca tomou no cu quando criança, vai tomar agora... — e empurra o charo.

Coisa Ruim dá um berro.

Vavá se levanta, deixa ele deitado, gemendo. Aponta o revólver:

— Pela Nicinha, seu filho da puta.

Aperta o gatilho.

— E esse é pelo Bacalhau, por via das dúvidas.

Outro tiro.

Vavá olhou pros lados e começou a correr.

# Qual é o babado?

> Oi de babado sim
> Oi de babado não
> Meu amor ideal
> Isso aqui num tá legal
> Partido-alto

VONTADE vontade de gritar SHAZAN e sair avoando avoando atravessar Pilar Parada de Lucas Maracanã e aterrizar bem no meio do Campo de Santana dar uma de super-homem pois é Campo de Santana é com a gente mesmo vivi dois anos no Campo de Santana dois anos vendendo churrasquinho dava pra se virar a gente botava carne de terceira misturada com carne de gato e mandava brasa dois anos foi quando a Nicinha começou a dar as caras por lá tava morando num pardieiro atrás da Central se virando abrindo as pernas e dando pro mundo pois é minha prima num tenho nada com isso ela dá o que é dela todo mundo tem de se virar e cada qual se vira como pode e quem pode pode quem não pode se fode num tenho culpa fui apenas o primeiro sempre tem um primeiro pra inaugurar é ou não é mas não botei ela na vida num sinhô Mônica sabia disso quer dizer Antonieta que resolveu se chamar de Mônica a putona Antonieta quase me matou ou foi a Mônica Nicinha os peitim tavam aparecendo pequenim pequenim blusa justa perna grossa Antonieta queria me matar agora tô livre dela mixô o carbureto dividida nunca mais vai ser a mesma putona nunca mais me encheu o saco num tenho nada cum isso mulher véia quando enrabicha dá bode num é que num deu outro bicho nego precisava vê o bode que o bicho deu Monicantonieta sua putona tá certo me deu boa vida é de lei mas tava mixando o papo Monicantonieta perdeu a cabeça tá faltando Nicinha era quentinha fazia as coisas com gosto e que coisas meu cacete o pai dela tá conservado em álcool morrendo de tanta cana numa dessas garanto que o sacana traçou os peitim pequenim deixa comigo malandro tá comigo tá com Deus isso mesmo tinha de acabar na zona mesmo qual é Antonieta é que num perduava gora nem fala mais quem mandou quem mandou encher a sacolina hem hem vai ser revoltosa assim na praia Tonieta tava ficando desesperada por causa da idade tô cum muita pelanca tô tava e eu dizia tá cum muita pelanca sim e ela chorava e enchia as medida a noite inteira que eu ia abandoná ela que ia se matá olho por olho putona chega de rame-rame

    Você pensa que é malandro
    marimbondo é muito mais
    ele morde com a bunda
    coisa que você não faz

    remelenta putona no começo até que eu tava morando no macio coisa&loisa devagar devagar mas depois a moleza mixou a barra pesou a vidinha virou um inferno a rapa terminou com a alegria do churrasquinho meu sócio se mandou virou guarda-noturno se arrumou com a crioula Soraia lá do Morro do Esqueleto e parece que tomou tenência parou de entornar cana devagar pois é e a cabeça Antonieta pois é precisava sair pra comer alguma coisa Antonieta a putona me deixou a nenhum a perigo a perigo devia ter pensado mais em mim vou ter de me virar vou vê se encontro Nicinha até que não seria ruim se ela me desse boa vida estamos aí pra isso mesmo como quem num qué nada final fui eu quem inaugurou ela cum fita e tudo não fosse o papai aqui ela tava fazendo curso de corte-e-costura trabalhando em casa de madama por uma mixaria minha escolha foi melhor gora pelo menos trabalha por conta própria é melhor assim é só abrir as pernas e receber o negócio duro e o dinheiro mole mole tem muito trouxa pelaí Antonieta nem pra isso mais servia trazia sempre um dinheiro mixa quando trazia quem vai querê quem vai querê mulhé cheia de pelanca bem se bem que tem home pra tudo mas ela num queria mais a putona gora güenta olho por olho num tenho nada cum isso foi comprá briga logo cum quem olhaí malandro num dorme de tamanco pagô pra vê e se estrepou foi pro beleléu putona de pelanca "um dia tu te arrepende" porra nenhuma se arrepende porra nenhuma mulhé é pra ajudá se não ajuda num atrapaia e pra atrapaiá basta a gente sozinho nêgo se entende e tem mais malandro num pode gamá se me dá uma dessas se estrepa logo logo num paga nem placê é pule de 10 os peitim de Nicinha ai os peitim de Nicinha o bafo quente nos cabelos num adianta mulata é mulata branca azeda é branca azeda por isso eu digo mulher tem em toda parte que merda faz três dias que eu num saio dessa merda desse quarto de merda preciso quebrá esse galho tá ficando um cheiro ruim de merda qui dentro

    Oi de babado sim
    Oi de babado não
    Meu amor ideal
    Isso aqui num tá legal

Antonieta queria dá uma de artista olhaí tava a fim de cantar no programa de tevê vê se pode gora vai cantá no inferno qué sabê de uma coisa essa mulhé botô despacho tá cum nada num tem nada não tenho o corpo fechado pelo amor de deus sábado passado o Barbante e o Tuxaviu fizeram uma zorra trouxeram meio quilo de fumo nego ficou muito doido doidinho doidão acho que até hoje num cortei o barato ela que vá pôr despacho lá na casa do caralho na casa da mãe joana da mãe dela se é que coisarruim tem mãe num adianta malandro despacho num vai tirar pelanca chove paca pobre tem é de virar peixe um cheiro de peixe podre espero chegá a noite e dou um jeito nisso Tonieta tu tá que é só pelanca num adianta mulhé tem de se mancá se não se manca cansa a beleza quem gosta de pelanca é açougue cumé quié o negócio aí no inferno é dá fumo pros diabim vai virá zona geral os diabim puxando fumo e cuspindo fogo puxando fumo e cuspindo fogo num foi o funcho que me fundiu a cuca pior que o capim seco foi as recramações as ameaças as pelancas da Antonieta num tinha mais sossego a vida é devagar sujou minha barra tem de pagá tava terminando com minha maciota tá querendo o quê quem manda sê putona digo muié quando tem pelanca num adianta se pintá até piora pois e só me arrependo é de tê nascido o resto tá certo o que o homem faz a mulhé pediu tava escrito num adianta chiá chiadeira São Jorge sabe o que faz malandro que é malandro também

Fui passear no cemitério
sem medo de 'sombração
esqueleto de meganha
me deu ordem de prisão

São Jorge sabe o que faz e desfaz pinta e borda choro de muié velha é lengalenga nheco-nheco amor de véia é ferida dói e num cicatriza quem gosta de ferida é esparadrapo qualé Monicantonietadasilva o babado é outro era entendeu Antonieta num dava mais pé num dava mais pé puxando fumo e cuspindo fogo Nicinha bem que tu podia me dá boa vida os peitim as pernas grossas as maletas e essas maletas o que faço delas Antonieta tava reclamando muito cheia de pelanca preciso vê o que O *Dia* e *A Notícia* vão falar as maletas cheia de pelanca a putona só tá faltando a cabeça espero anoitecê e dou um jeito nisso

    Oi de babado sim
    Oi de babado não
    Meu amor ideal
    Isso aqui já tá mingau

(Rio, 1968)

# A solidão do goleiro

*Para Braz Chediak*

LOCUTOR: — ... *pois não desesperem, meus amigos e torcedores, não desesperem... Alô, alô, hoje foi um dia que começou com um clima de festa, e se Deus nos ajudar — e Ele vai ajudar porque Ele também é brasileiro —, este dia vai ficar na história, vai terminar em clima de glória, glória para vocês, brasileiros, glória para nós todos... Espanha e Brasil neste final dramático do segundo tempo, dois a dois no marcador, as chances ainda existem e vão continuar existindo, não será por causa deste juiz, deste juiz que vem de marcar um pênalti contra o Brasil, um pênalti mais do que discutível, senhores torcedores, não será por isso que o valoroso escrete verde-amarelo irá desanimar, irá decepcionar 120 milhões de brasileiros. Brasil e Espanha, num jogo decisivo pela Copa do Mundo, e o Brasil agora com esse pênalti atravessado na garganta; ânimo, minha gente, pois mesmo que eles marquem gol, ainda teremos dez minutos pela frente e em futebol muita coisa pode acontecer em dez minutos. Pra frente, canarinhos! Pra frente, Brasil! O país confia em vocês. Agüenta a mão, Goleiro de Ouro, fecha bem a porta do teu gol...*

Tensão total.
O Maracanã inteiro, lotado praticamente, parecia suspender a respiração ao mesmo tempo.

Na marca do pênalti, os jogadores se ajeitavam. O Artilheiro Espanhol aguardava o apito do Juiz. O Juiz apitou, o Artilheiro Espanhol olhou o gol e partiu, com vontade, em direção à bola...

(Mas, não, esta história começava antes, um pouco antes.
Não muito, apenas um dia, quando os jogadores do Brasil ainda se encontravam na CONCENTRAÇÃO.)

Nove horas da noite, sábado. Hora de todos irem para a cama, ou dormir, pelo menos tentar dormir.

— Esqueçam o jogo de amanhã — falou o Técnico.

Recolheram-se todos, disciplinados.

Negão, que dava uma controlada geral, constatou, por volta das dez e meia, que todos dormiam. Fez a ronda novamente à meia-noite. Percebeu desta vez um vulto sentado na cama. Se aproximou:

— Como é, Goleiro, não vai dormir não?

— Pode deixar, Negão, tudo bem. Já me encosto. Tava só cismando.

O Goleiro se deitou. Negão seguiu em frente.

Na ronda da uma hora, Negão viu, de longe, a brasa de um cigarro. Olhou bem: era o Goleiro. Caminhou até ele.

— Me desculpe, companheiro, mas a ordem é dormir. Se continuar assim, vou ter de chamar o Técnico.

— Precisa não. Vou dormir logo... Não é ele que vai me pôr pra dormir. Pode ficar tranqüilo.

Apagou o cigarro, voltou a se deitar.

Uma e meia. Negão passou de novo. Parecia tudo sob controle.

Às duas, deu uma olhada. Não viu nada.

Duas e meia: lá estava o Goleiro, em pé, perto da janela. Fumava.

Negão desta vez não se deixou ver; foi correndo até o quarto do Técnico, acordá-lo.

— O senhor me desculpe, mas o Goleiro não pregou olho até agora.

— Só me faltava mais essa – o Técnico se levantou, vestiu as calças. Caminhou no escuro. Entrou no dormitório. Em silêncio, aproximou-se, pôs a mão no ombro do Goleiro, que se assustou.

— O que é que está havendo?

— Nada, não. Perdi o sono.

— Mas não pode; o jogo de amanhã é decisivo, você sabe disso. Se não dormir, já viu em que condição você vai jogar, não é?

— Pode deixar que sou bastante resistente pra essas coisas. Acontece que não consigo dormir, só isso.

— Tá com algum problema? Se tá com algum problema, me fale.

— Problema todo mundo tem.

— Sei disso, mas cada qual tem uma maneira de reagir a eles. Todos teus companheiros aí também devem ter problemas, mas estão todos dormindo. Só você acordado.

— Desculpe.

— Não precisa se desculpar. Eu, além de técnico, quero ser amigo de vocês. Por isso é melhor desembuchar; assim, põe logo o problema pra fora.

— Não quero incomodar.

— Não incomoda. Incomoda se ficar a noite toda sem dormir. Tou aqui pra isso. Alguma coisa que eu possa resolver?

— Não, senhor, o problema é meu mesmo. Só eu posso resolver.

— Não quer falar?

— Tá bem... Acontece... que a minha mulher anda me traindo.

— Que bobagem é essa!? Você tem alguma prova? De onde é que você me tirou isso, a essa altura do campeonato?

— Prova não tenho. Mas há muito tempo que venho percebendo. E só hoje me bateu a certeza. Por isso, perdi o sono. Não sei o que fazer.

— Olha, é pura imaginação. Conheço tua mulher muito bem, ela seria incapaz de uma coisa dessas.

— Pois é, mas ela tá me traindo. Garanto que nesse momento tem um homem na minha cama.

— Você tá louco? Tira isso da cuca. Como é que você vai jogar amanhã com uma besteira dessa na cabeça?

— Pode deixar. Não tem nada a ver. Só queria ter a certeza, aí sossegava.

— Pois muito bem, quer saber de uma coisa: põe a roupa!

Goleiro olha pro Técnico, sem entender.

— Anda, veste a roupa. Vamos até a tua casa, assim você termina logo com essa cisma. Num pulo a gente volta. Mas não conta pra ninguém, porque jogador meu eu não permito que saia da concentração. Teu caso é uma exceção. Prefiro te ver tranqüilo, sem esse grilo na cabeça, senão amanhã vai ser uma tragédia.

O Goleiro se vestiu. Rápido, enfiou as calças em cima da calça do pijama; pôs uma camisa.

Os dois saíram em silêncio.

Passaram pelo portão, entraram no Volkswagen do Técnico.

— Você ainda mora em Laranjeiras, não é?

— Mesmo lugar.

Em menos de dez minutos, estavam em frente do edifício, não muito alto, meio velho.

Agora vai lá em cima e confere — disse o Técnico. — Peraí, é melhor eu subir contigo. Fico te esperando do lado de fora.

Desceram do carro e entraram no edifício. Foram até o quarto andar. O Técnico ficou esperando perto do elevador. O Goleiro abriu a porta e entrou.

O Técnico acendeu um cigarro.

Nem três minutos se passaram e o Goleiro mostrou a cara na porta do apartamento e fez sinal com o braço para ele entrar. O Técnico apagou cigarro e, meio sem jeito, seguiu o Goleiro.

Foram até a porta do quarto, semi-aberta.

Dormiam.

Na cama, dois corpos: um homem deitado ao lado da mulher, da mulher do Goleiro.

Como entraram, saíram: na ponta dos pés, em silêncio.

Já na rua, o Técnico procurava palavras:

— É, parece que você tinha razão...

— Tudo bem, eu só queria ter certeza. Agora que sei com certeza, é só esperar esse jogo terminar e me separo. Nem volto pra casa. Estava querendo mesmo viver sozinho.

O Técnico percebeu uma leve amargura no rosto do Goleiro; percebeu também muito controle, e certa dignidade. Pôs a mão no ombro dele.

— Acontece.

Goleiro não falou. No carro, seguiram em silêncio pelas ruas vazias. Quando iam chegando à concentração, o Técnico disse:

— Sinto muito, amigo velho, mas acho que você não está em condições de jogar amanhã.

— Nada disso, pelo contrário. O senhor não entendeu, eu preciso jogar, preciso provar pra mim mesmo que eu supero essa situação. Se eu tivesse ficado na dúvida é que seria pior. Não vai ser no banco de reservas que eu vou dar a volta por cima. Eu estou bem, pode acreditar. Agora eu sei que estou sozinho mesmo, sozinho na vida e sozinho debaixo das traves. Isso é próprio dos goleiros: quando vem a bola, ele está sempre sozinho em frente do risco. Quando a bola chega até ele é que já passou por todos os outros. É assim que o goleiro tem de aprender a se virar.

— Mas... — o Técnico preferiu não insistir na substituição; era tarde demais e, depois, como iria explicar aos jornalistas?
— Pode deixar, de manhã a gente conversa.
— Se você realmente se sentir bem... Vai dormir.
— Tranqüilo como vou me sentir bem. Obrigado, e boa noite.
— Boa-noite, amigo. Vê se dorme pelo menos umas quatro horas.
Foram, dormiram.
De manhã, o Técnico sondou o Goleiro, na hora do café:
— Como é, dormiu bem?
— O sono dos justos.
— Ótimo — e o Técnico aproximou o rosto para que ninguém ouvisse: — Acha que está em condições de jogar? Me responda com franqueza.
— Absoluta. Se não tivesse, lhe diria.
O Técnico se conformou. Cada pessoa reage de uma maneira a uma determinada situação. E ainda por cima, substituí-lo assim, na última hora, seria um transtorno. O Brasil inteiro não iria entender, a imprensa iria cair de pau em cima. O grande crucificado seria ele, o Técnico.
O Técnico deixou o Goleiro e foi tratar de outros problemas.
Depois do almoço todos entraram no ônibus e foram para o Maracanã.
Em pouco tempo, começava

O JOGO DECISIVO.

E começava mal. Dez minutos de partida e a Espanha fazia o primeiro gol. Péssimo para o moral da equipe. Péssimo sobretudo, pensou o Técnico — e só ele — para o Goleiro. Precisaria observá-lo bem. Era verdade que, tecnicamente, não tivera culpa: fora uma jogada fulminante do Artilheiro Espanhol, passando pelos dois Laterais, chutando a bola que voltou e ele acertou de novo, desta vez nas redes. Pegou o Goleiro no outro canto do gol.

Logo em seguida o Brasil empatava. O Maracanã quase veio abaixo.

Quarenta minutos do primeiro tempo, o Ponta Direita Brasileiro foi lá em cima e fez um gol de placa. Dois a um. Todos aliviados, a torcida, os jogadores, o Técnico – o Brasil.

No intervalo, o Técnico ainda tentou conversar com o Goleiro (substituí-lo no meio do jogo seria pior ainda: e as repercussões?), mas o Goleiro se mostrava firme:

– Estou bem. Pode deixar, espanhol entende é de tourada. Em mim é que eles não fazem mais gol.

No segundo tempo, a partida continuou difícil. Aos vinte minutos, os espanhóis conseguiram empatar. 2 x 2.

Corre, corre, o jogo prosseguiu, luta renhida – nada de gol.

Então, quando faltavam dez minutos para terminar a partida – sempre 2 x 2 –, o Juiz marcou o pênalti contra o Brasil.

A tensão era total, como se antecipassem um desastre. O Técnico sentiu uma pontada na barriga. O Maracanã inteiro, praticamente lotado, parecia suspender a respiração ao mesmo tempo. Não, não era brincadeira arriscar perder um título mundial por causa de um pênalti – e de um pênalti discutível.

O Juiz apitou.

O Artilheiro Espanhol correu em direção da bola. Correu e deu um chute seco, forte, direto, bem no meio do gol.

O Goleiro praticamente não se mexeu.

LOCUTOR: – *Mas o quê qué isso, minha gente! Não dá pra entender, simplesmente não dá pra entender, o melhor goleiro do Brasil, um dos melhores goleiros do mundo, nem sequer se mexeu, senhores! Não mexeu um dedo para segurar a pelota, que deslizou pelo tapete verde, passando rente à sua perna – um frango, brasileiros, o maior frango da história do futebol brasileiro, meus amigos. O que é que é isso, Goleiro de Ouro, o que é que houve!? Alguém pode nos explicar o que é que passou pela cabeça do nosso Goleiro pra ele engolir assim esse galináceo com pena e tudo?... Faltam agora poucos minutos para terminar a partida, a única possibilidade que nos resta é o empate, assim mesmo vai ser difícil, porque o desânimo parece descer sobre os brasileiros. Não vamos desanimar. Pra frente, Brasil!... Bola pra frente que nem tudo está perdido...*

(Petrópolis, 26 out. 78)

## Sambista em mesa de botequim bebendo cerveja com choro

NÃO HÁ de ser nada, melhores dias virão. Como? Hem? Tá querendo falar? Deixa eu... Peraí, hoje quem fala sou eu. Güenta a mão. Não me aporrinhe. Vamos devagar. Perrengue, meu chapa, perrengue, não me venha com histórias que eu tou com a cuca-mingau — cuca-mingau, tudo misturado, sacou, cuca-gelatina, cuca-lama. Naquele estado que não dá pra conferir porque não dá pra entender. As coisas se barafundam, minha vida melou, nem dois mais dois faz sentido, que se for quatro ou vinte e dois, tanto fez como tanto faz, tou pouco ligando, não muda nada. Se bobear, cago, mijo e piso em cima. Tá querendo tirar um sarro comigo, ou o quê? Então por causa de quê fica rindo aí? Tá legal, só que a tua história é tua só, meu chapa, não dá preu curtir. E a minha hoje é mingau — miau-miau que o gato comeu. Ou a gata. Já notou que tudo começa e tudo termina por causa delas? A mulher é o demônio do homem. Gosto muito, gosto que me enrosco, depois acabo ligado, ligadão, e termino chorando em mesa de botequim. Destino de sambista? Sei não. Fiz uns sambinhas aí, mas só um aconteceu. Tou na batalha, pelo menos tava. Por enquanto, de resguardo. Mingau, miau, melou — que adianta ser cantado pela boca dos outros se o samba já saiu de mim, não é mais meu? Tou sem música por dentro. Mulher é o demônio do homem, a gente sai lá de dentro dela e quer voltar lá pra dentro dela. Gosto muito – que me enrosco. Mulher é mulher. Tá vendo aquela gazela passando ali? Fazia tudo com ela. Só por sacanagem ou atraso, sei lá, porque queria mesmo é fazer com a outra, a que foi o meu demônio. Ainda arranco ela de dentro de mim, ah, se arranco. Não quero minha cuca-mingau pra sempre. É só uma fase que tou passando, fase DDC – dor-de-cotovelo, entendeu? Coisas da vida, coisa comum. Mas experimenta. Vai, quebra a cara, entra nessa pra ver o que é bom pra tosse, que xarope nenhum resolve. Tou rindo, tou chorando. Rio e choro, não tenho vergonha não. Rio de bobeira, nos intervalos, pra não chorar. Aí bebo e o choro se mistura com a cerveja – tu já bebeu cerveja com choro? Dá um amarguinho. Besteira não. Ou tu acha que é babaquice? Tou sabendo, mas não adianta saber das coisas, o negócio é sacar em cima do lance. Marcou touca, o lance já era, jacaré abraça; a gente perde o bonde e a direção. Hoje eu vou pra onde me levam minhas pernas. Pernas bambas. Tristeza minha? Tá brincando! É uma tristura só, até o vento me carrega. Se é pra sair do inferno, estamos aí. A minha pessoa é fraca, não é que eu goste de comer merda, mas também não sou hiena pra ficar comendo bosta e rindo adoidado. Estou desocupado, mas tenho carteira assinada, não sou malandro não. Se bem que a essas alturas já devo ter perdido o batente: faz cinco dias que não dou as caras. É que eu desapareci, desapareci pra mim mesmo, entendeu? Me procuro e não me acho. Olha, quer saber de uma coisa, nunca – nunquinha – entrei numa dessas. Li hoje num caminhão: "A VIDA É DURA PRA QUEM É MOLE." Qué que eu vou fazer? Sou mole, pronto. Ela me largou na pior. Eu dei o que ela queria, mas deve ter faltado alguma coisa. O chamego era bom, bom demais, dava pro santo desconfiar. De repente, tua vontade vai prum lado, tua vida vai prum outro. Aí, se tu não te segura, cai e cai feio. Foi o que aconteceu comigo. Caí de quatro, tou pastando. Minha preta arrumou outro? Nem isso eu sei. Mas tá legal, como é que ela me tirou da vida dela com tanta facilidade, se ela não tem jeito de sair da minha? Sente só como é complicado. Sentiu? Minha cuca dá voltas e mais voltas. Quando um não quer, dois não brigam; mas também quando um quer, dois acabam brigando, podes crer. Tou te chateando, falando da minha pessoa? Leva a mal não, tou precisando descarregar. Se o amigo aí não se importa, falo; se quiser tirar o time de campo, tudo bem. Fico jogando sozinho, dando chute na trave. Tu deve ter escutado "Consolação", meu samba de sucesso, não já? Escutou não? É um que diz assim:

"Olhe pro lado
e diga sim.
Olhe pro lado
e diga não
a essas coisas
que acontecem
bem na frente
de você.
A essa vida
de leva-e-traz,
e essa vida
que já te trouxe
e que te leva
sabe Deus pra onde,
meu amor —
lá-ra-ra-ra-rá..."

Viu? Tou dizendo, já tinha escutado no rádio, não já? Não, eu só fiz o samba, quem gravou foi outro. Cheguei a ganhar uma nota, deu pra comprar uma casinha, lá em Nilópolis – casa pequena, de pobre. Onde morava com minha preta até a semana passada. Agora tenho medo de voltar, encontrar tudo sozinho. É o que eu digo, letra de samba é uma coisa, letra da vida é outra. A escrita é diferente. Como se alguém tivesse inventado as palavras, botado elas lá no dicionário e depois jogado o dicionário fora. Dá pra entender? Jogado fora, só pra confundir. Samba é samba, vida é vida. E o samba é mole para quem é duro. Tamos aqui meio durango-kid, mas ainda dá pra beber mais. Outra cerveja pra gente, companheiro. A vida é dura para quem é mole. Mas não é mole; a escrita é outra, é outro departamento. Aprendi a fazer samba mas não aprendi a fazer a vida. Acho que por causa de que não fiz minha cabeça sozinho, deixei outros fazerem. Mulher, ainda por cima. Quando mulher faz a cabeça da gente, a gente acaba perdendo ela, a cabeça. E a mulher também. Pode acreditar. Ai, que dor! Se dor-de-cotovelo matasse, a gente já tava aqui em missa de sétimo dia. Também te digo uma coisa: se encontro a preta, dou um tiro nela. É mais fácil dar um tiro nela do que em mim. Se bem que se eu dou um tiro nela, dou um tiro em mim também. Rimou. Como é complicado, não é, companheiro? Faz de conta que tu é meu amigo de infância, eu tou precisando de um amigo de infância, tem dias que a gente precisa de um amigo de infância. Güenta a barra que hoje quem paga sou eu. Como naquele samba: "hoje quem paga sou eu". E o Lupiscínio, tu manja? Sempre me amarrei, com ele não tinha nhenhenhém, quando tava doendo lá por dentro, ele ia logo gritando por "vingança, meu amigo, eu só quero vingança" – peraí, esse acho que é do Nelson Cavaquinho, não é? Peito aberto, coração do lado de fora: "você há de rolar como as pedras que rolam na estrada." Puta-que-o-pariu, a gente sabe que não adianta nada, mas de alguma maneira alivia. Senão o samba nem nascia, não é? Minha casa é pequena mas agora ficou vazia sem ela, me perco lá dentro, enorme. Minha irmã é cavalo, mãe-de-santo em Nova Iguaçu; meu irmão tá preso, negócio aí de política, sindicato, essas coisas. Tou sozinho, sozinho no mundo. Não há de ser nada. Não tenho pra onde ir, qualquer lugar é qualquer lugar, qualquer coisa. Melhores dias virão. Tou pouco ligando, perdi a mulher, o emprego, o leme, a tramontana. Beber, bebo sim, sempre bebi – só que desta vez tá passando da conta, não consigo parar. Cinco dias, dormindo por aí, pelas praças, até na calçada já me ajeitei. "O último degrau... da vida... meu amor" – o Nelson tem razão. Sabe que ele é um santo? Foi ele quem me deu uma mãozinha pra gravar meu samba. Gravei sete mas só um fez sucesso: "Consolação". Não deixa de ser um consolo. Tou te chateando? Bebe mais aí que é pra mágoa morrer afogada. Quem é que não sofre nesse mundinho de Deus, hem? Não há de ser nada. Melhores dias virão. A vida é um jogo e eu perdi a parada. Um jogo de porrinha ou carteado, tanto faz. No baralho da vida só encontrei uma dama. Epa, olhaí, isso dá samba:

"No baralho da vida
Só encontrei uma dama..."

Pode ser um puta sucesso. Vai estourar nas paradas, vou repetir "Consolação". Mas – porra! de que adianta, se a pretinha não volta lá pro meu barraco. É uma merda: samba é samba, vida é vida. Tá querendo ir embora? Espera, vai não. Fica aí que eu pago. Chama o garçom. Garçom, mais uma amarelinha aqui, e uma branquinha pra calibrar. Vai mesmo? Fica, cara, tu não é meu amigo de infância? Tá legal, quer ir, vai, cada um sabe o que faz. A gente se encontra aí pelas esquinas. Aparecendo em Nilópolis, é só perguntar pelo Dentinho, que todo mundo conhece. Vai em paz, vai com Deus. Eu fico aqui com Deus. Com Deus? Pode deixar que eu traço sozinho o que vier. Ainda tou precisando de combustível. Tchau, cara. O negócio é não confundir as coisas. Pode deixar:

NÃO HÁ DE SERENATA, MELHORES DIAS VIOLÃO.

(Petrópolis, 1979)

## Neizinho Copacabana e Liv Ullmann

*Deus pode ter inventado alguma coisa melhor do que mulher, mas se inventou, ficou só pra ele. Não tem aqui na Terra, não.*
Um personagem do conto "Os armênios estão morrendo".

NEM VEM que não tem: malandro sempre fui, graças a deus, não seja por isso. Tou sacando tudo, não sou de confundir focinho de porco com tomada: sei onde meto meu nariz. Agora, nem todo o dia é dia, e quebrar a cara assim, de repente – pelo-amor-de-deus –, não tá cum nada. É muito qualquer-coisa, sacou. Tá certo: malandro que é malandro não bobeia, entra em qualquer uma, peito aberto mas olhando pros lados – e depois sai na maior, inteiro, cheio de coisas pra contar.

Mas antes de eu ser o famoso Neizinho Copacabana, fui muito é do malandro-cocô, isso é que é. Reconheço. Mas fiz meu aprendizado, passei no vestibular da Prado Júnior, Galeria Alaska, Miguel Lemos – onde tem boca tou eu lá dando uma bicada: do Posto Seis ao Um, conheço, transo, manjo. Meus pisantes pisaram esse chão todo – e ainda pisam, na maior. Muita morena na rede, loira, mulata, crioula, do Bolero's ao Lucy's Bar, passando pela areia da praia: Soninha Maconha, Ledinha Posto Três, Mara Vilha, Aisita Boa Bunda, uma porrada delas. Alguma transa com altos bagulhos, por gosto e sobrevivência: poeira, pó, papelote, fumo, o escambau. Depois, parei na minha, que não era essa de me expor numa de perigo e de horror. Os homens apertaram. Me pirulitei, que não sou trouxa – e na hora certa. Viver a gente vive, de qualquer maneira – de praia e muita mina. Quanto mais não seja, o bom malandro classe média tem sempre uma tia qualquer pra oferecer um rango legal quando a gente entra naquela de porra-não-tá-pintando-nada. Que às vezes acontece: os amigos se malocam, as minas saem do pedaço, a rotatividade é grande, tá sacando? Só fica na dança quem é teimoso e não tem talento pro batente. É o que eu sempre digo: malandro se arranja. Não vale a pena esquentar a mufa. Como dizia o Nelson Barbante, o negócio é deixar as coisas acontecerem e depois curtir em cima do lance.

Adoidado.

Foi o que pintou numa sexta-feira dessas, em que o pessoal da areia, gente-boa que tinha conhecido na praia, caitituado pelo meu bom papo e simpatia – que eu tenho, modéstia de lado –, me convidou pruma festa no Leblon. Leblon, gente-fina? Falou. E se falou, tá falado: passei antes na casa do Brás e seqüestrei uma camisa ducaralho, pra me vestir à altura do acontecimento. Afinal, não é todo dia que pinta uma dessas.

Pois fui, cara, numa boa: era um apê desses de caber cinco do meu apartamento dentro: só a sala já era maior. Quadros e quadros pelas paredes, um som legal. Cheguei como saí: meio tocado, que o Brás me fez uma presença antes, um fuminho manero. Não cheguei a ficar naquela de bobão, mas tava muito ligadão, se tava. Na minha.

Fui entrando nesse embalo e foi só eu chegar e a dona da casa – putzgrila! um loirão de deixar a Liv Ullmann com inveja – me recebeu com os braços abertos. Manjo esse pessoal, que não sou só malandro da Prado Júnior, dou minhas voltinhas por outras bandas: ela tava ali sendo – como é mesmo que se diz? – *hostess*. Quer dizer: aqueles braços abertos eram pra qualquer um que estivesse chegando ali naquele momento. A festa era dela. Saquei logo. Mas, também, não tava nem aí: fingi que aqueles braços que vinham eram pra mim mesmo e fui: engrenei um embalo, abracei a dona com jeito e carinho e ainda encontrei umas palavras bonitas pra dar pra ela. Que se sorriu toda. Então você é o famoso Neizinho Copacabana, ela foi dizendo; e eu: famoso só no meu departamento, você é que tem nome em jornal de vez em quando, merecido, aliás. Sorriu-se ela de novo e foi um sorriso – não sei por causa de que fui sentir isso – com o corpo todo, o dela. Gostei. Mas logo me segurei: essa Liv Ullmann era demais pro meu bico. Sou malandro, sim, senhor, mas classe média, e de vez em quando tenho umas recaídas de malandro-cocô. Tá certo, se eu quisesse mesmo, se não desse mancada, cantada babaca, eu ganhava ela ali mesmo, tá entendendo? Afinal, sou ou não sou o Neizinho Copacabana?

Já viram: vacilei, e malandro, quando vacila, se estraga, corre o risco de se machucar.

Não tava a fim.

Fui devagar na bebida – escocês puro, cara, na maior – pra não fazer desdita, pagar vexame, ficar bebum, essas coisas. Em Roma se faz como os romanos, engrenei um papo legal, sem deixar cair muita gíria que dava bandeira e quem gosta de bandeira é professora primária. De vez em quando o papo ficava meio por sobre o intelectual, aí eu recorria ao "sim, é claro", "também acho" – pela tangente, que o último livro que li, assim mesmo pulando as folhas, foi um dicionário que pintou lá em casa nem sei como.

A tal Liv Ullmann – não é que não peguei o nome dela direito, é meio estrangeirado – se dividia pelos convidados, sempre simpática. De vez em quando eu procurava enganchar meu olhar no dela – e não tava nem aí, ainda que fosse o mesmo olhar que ela dava para todos, eu sentia um brilho que era só pra mim. Questão de sensibilidade, cara, o fumo traz isso à tona. Pode ser que eu tivesse enganado, mas que malandro sou eu?

Houve comidinha, essas coisas todas. Muito papo, patati-patatá. Gente que falava de literatura, veja só se isso é assunto. Mas tudo bem. Achei o último livro da Cassandra Rios ducaralho. Um cara de óculos ao meu lado me olhou meio torto como se eu tivesse peidado. Tá legal, não tá aqui quem falou. Qual é? Será que disse palavrão? Não li essa tal de Cassandra mas vi o livro dela na casa do Brás e o Brás é um cara que curte livro.

Num canto, um grupo corria um cigarrinho, como se ninguém sacasse. Esse cheiro, meu camaradinha, conheço há quase vinte anos. Pessoal engraçado: quando comecei na vida, maconheiro era palavrão barra-pesada; hoje, tão todos esses bacanos curtindo um fuminho tranqüilo. Sem maiores bodes. Aproveitei pra conservar o nível do óleo: dei um tapinha no baseado.

Passeei pela festa. Vontade de rir. Nada me pegava. Só meus olhos – um pouco girando nas órbitas, sorriso meio automático – procuravam pela dona da casa.

Liv Ullmann, cadê você?

Cansei. Um pouco afastado da zorra geral, uma poltrona tava dando sopa. Sentei. Meio bebum: já com três doses de uísque na cuca, mais o fumo. Fechei os olhos. Cismava.

Não por muito tempo: uma voz abriu meus olhos. Uma voz me perguntava se estava tudo bem. A voz da Liv Ullmann. Bem, não, ótimo, respondi, mais ainda agora com você surgindo assim na minha frente, toda mágica. Que sorriso. Você é Lua, disse pra ela, ilumina toda esta sala, a cidade. Entrei numa de poeta, queria ver o mundo rodar, eu e ela no centro, dançando. De mãos dadas, beijar aquele sorriso de dentes brancos e olhos verdes. Sabe que você é muito gentil?, ela disse. Sou um cafajeste bem-educado, falei pra ela, que não agüentava mais aquele verniz de fazer em Roma como os romanos.

Ela sacou e tirou de letra: conheço tua fama.

Que fama?, perguntei.

Deixa pra lá, ela disse.

E minha fama é boa ou má?, insisti.

Nem boa nem má, é o que te faz especial.

Ela disse isso e se levantou.

Meu queixo caiu. Não tinha entendido, muito bem, mas tudo certo: era como se ela estivesse entrando na minha. Talvez pela diferença: bem ou mal, eu era azeite naquela piscina de água morna. Especial, cara, sem se misturar, transando mas sem entrar na água dos outros.

Minha vontade era convidar a Liv Ullmann pra ir pra cama. Ali mesmo, na hora. Coisa de louco. Mas esse não seria o pique dela, saquei logo. Era o meu pique, de cafajeste nem sempre bem-educado. O dela era mais devagar, suave, no macio: ninguém canta uma Liv Ullmann, tá compreendendo. Como é mesmo que aquela grã-fina me disse uma vez? Só faço sexo com a cabeça. E malandro só faz sexo com o propriamente dito. Essa, a diferença. Mas acho até que numa dessas vagabundo tá errado: tem que ser é devagar, uma coisa inteira, da cabeça aos pés. Foi a primeira vez que eu senti isso.

Pô, que malandro era eu?

Malandro nenhum: comecei a sacar que eu só poderia ganhar aquela mulher se conseguisse ser – nem isso nem aquilo, nem malandro nem otário – eu mesmo. Um negócio assim de verdade interior, manja? Mas em seguida me pintou que sem essa de ficar fazendo planos: o negócio era deixar acontecer e depois curtir em cima do lance.

Então, foi a despedida. As pessoas começavam a ir embora.

Liv Ullmann se aproxima de mim e diz: o que mais eu posso te oferecer? Aí eu não agüentei: pe-la-ma-dru-ga-da, não me faça essa pergunta. Não sei se foi meio cafajeste, só sei que ela riu e disse: além do meu corpo.

Aí então, foda-se o mundo, em Roma se faz como os cariocas, principalmente quando se é Neizinho Copacabana: segurei ela no colo e arrastei ela pro quarto, que ia procurando na medida em que entrava por portas antes fechadas. Deixei o resto do pessoal no ora-veja lá na sala, pensando o que quisesse, minha Liv Ullmann fingia – mas só fingia – se debater, rindo e sorrindo, as pernas se mexendo, o braço em volta do meu pescoço.

Foi uma festa – aí, sim.

Digo e assino embaixo: deixa acontecer e curte em cima do lance. Se for o caso, não custa dar uma mãozinha pra ajudar. Por isso tou curtindo até hoje. Já faz um tempão que não faço outra coisa que fazer amor com essa mulher, amar essa mulher – quando ela tá comigo nas dobras do corpo, quando ela tá longe nas curvas da cidade.

Joguei o resto pro alto, transas mis, bagulhos, minas, papo furado. É isso aí, confesso que mudei: sou capaz até de enfrentar um batente – pelo menos, de pensar. Agora sem essa de malandro: sou apenas Nei Leme da Silva, ex-Copacabana, ex das dondocas e das piranhas do asfalto, um sacana a menos nesse mundo sem Deus. No fundo reconheço: classe média de nascença, talvez nunca tenha passado de malandro-cocô – meia-dose –, hoje, quem diria, aposentado.

Parei na dela, cara. Adoidado.

Porra! também, cair numa dessas – que malandro sou eu?

(Rio, nov. 1977)

# O malandro invisível

1

A NOITE é uma criança que amanhece. A cor se dilui, vira cinza-amulatada: o dia pede passagem, o dia que se anuncia triste pede passagem e a chuva cai fraca mas constante, lambendo ruas, lambendo, molhando as almas.

Os últimos bares da noite ainda estão abertos; os primeiros bares do dia já estão abertos: uns bebem a saideira, outros tomam café da manhã.

*Nossa Senhora!* (Copacabana: Nossa Senhora de Copacabana!) É inverno, é frio, é chuva.

*Nossa Senhora de Copacabana, lavai nossos pecados! Meu São Jorge, protegei nosso destino!*

Calçadas vazias, calçadas molhadas.

Carros parados, pessoas andando, tão poucas na rua que amanhece, na rua da amargura que amanhece em Copacabana.

*Cachaça, mais uma cachaça, último trago pra aquecer, cobertor por dentro.*

Uma boate fecha as portas, o jornaleiro da esquina prepara seu estande. O porteiro do edifício elegante caminha até o limiar da rua, olha pro céu, vai lá dentro, traz o tapete e o estende na frente da escada. Pela porta dos fundos aparece uma empregada. Os primeiros carros começam a sair da garagem.

No bar, um homem apoiado com o cotovelo no balcão entorna o copo no chão, pra Ogum, traz o antebraço de volta à boca e bebe, fazendo força para fixar os olhos.

As empregadas entram para comprar leite; as empregadas vão à padaria; as empregadas vão comprar jornal.

Um homem gordo, mais de cinqüenta anos, vestindo casaco de pijama, passa pelo bar da esquina. Seu contorno surdo vai em direção à praia. Sem ser notado, caminha silenciosamente, pacientemente, como se resignado, integrado no cinza, protegido apenas pelo guarda-chuva, seu elo com a chuva, com as ruas molhadas, com a madrugada fria da Nossa Senhora de Copacabana.

E contra o céu ele é meio gravura, meio ponto de interrogação.

Tudo o que termina começa: o sol não aparece mas a escuridão já se foi. Agora é esse chumbo no ar molhado.

O porteiro do edifício elegante conversa com o jornaleiro, compra *O Dia* para ele e o *Jornal do Brasil* pro doutor do 504. Falam da chuva, falam do frio, que o Flamengo vai ganhar, que o Flamengo vai perder. Falam, falam, riem, se despedem – o porteiro guarda o troco no bolso.

As sarjetas começam a encher com a chuva persistente. Alguns haveriam de se lembrar do dilúvio de alguns anos atrás; outros não haveriam de se impressionar: só assim Deus lava a cidade.

*Nossa Senhora de Copacabana, lavai nossos pecados! São Jorge, protegei vosso afilhado!*

A manhã cresce dentro do finzinho de madrugada.

Um bêbado sai do bar e tenta caminhar encostando-se na parede. Vai acender um cigarro mas não consegue por causa da chuva: fica com o cigarro pendendo na boca, molhado, inútil. Tá chovendo canivete, cobras e lagartos, cães e gatos, chove! O homem ensaia o equilíbrio longe da parede, pára no meio-fio indeciso: atravessa ou não a rua?

Um carro passa.

O homem murmura qualquer coisa, faz um gesto com a mão direita, como se reclamasse do tempo, da vida.

Bangue-bangue!

De repente, bangue-bangue: dois tiros. O barulho foi seco mas forte, vindo de longe, talvez da praia.

Na porta do bar quatro rostos aparecem, quatro rostos assustados, curiosos, quatro rostos olhando sem ver, direção da praia.

O jornaleiro sai de dentro de seu estande, vai até a esquina.

Na avenida, alguns correm. Um dos homens que estavam no bar aproveita pra sair sem pagar, corre, passando pelo bêbado quase o joga no chão.

Já na avenida Atlântica pessoas diferentes, esparsas, se agrupam; estão paradas no meio do espanto, olhando a praia.

Na areia levemente encrespada, ondulada pela chuva, três homens em volta de alguma coisa. Alguma coisa: os outros se aproximam, perdendo o medo, pisando na areia, olhos abertos pra ver o que era, quem era.

— Será que o sujeito morreu?

— Mas o que foi que aconteceu?

O bloco dos curiosos vai crescendo.

— Não sei, ouvi uns tiros...

Em volta do corpo deitado na areia, quase dez pessoas olham em semi-silêncio, sem saber o que fazer, o que dizer: era um homem de uns cinqüenta anos, vestindo casaco de pijama, que traz agora aberto, vendo-se o peito molhado, a areia se misturando com os cabelos, uma cor vermelho-escura, sangue, sangue.

— Parece que se suicidou – explica um mulato a um recém-chegado.

— E já chamaram a polícia?

— Alguém já chamou a polícia?
— Mas como é que se suicidou se não há nenhum revólver por perto? – pergunta um outro.
— É mesmo.
— Meio misterioso...
— Não tem mistério – esclarece um português baixo e forte, dono da situação. – É muito simples: passou um pilantra desses aí e levou o revólver e o guarda-chuva do homem. Eu vi, ninguém me contou. Eu tava ali na esquina quando o sujeito aí caiu morto.
— Também vi – confirma um outro –, mas o malandro desapareceu como que por encanto.

O morto – não estivesse amarelo, branco em contraste com o sangue – parecia sorrir, os lábios meio repuxados em contato com a areia.

### 2

A rua se espicha, meio preguiçosa.

Há uns prédios semidemolidos, há um homem semivestido, uma mulher semiviva deitada na calçada. Maria-Engole-Espada dorme, Maria, antiga rainha do Mangue, rainha hoje das sarjetas, ex-Engole-Espada, trapo-maria.

Lapa.

Lapa, finzinho da madrugada: pessoas vão e vêm, passam por Maria, parte da paisagem – passam e não notam.

Da Leiteria Brasil sai um cheiro invisível, calor que envolve o nariz – quente, doce –, o rosto. Lá dentro alguém toma coalhada, come torrada, café-com-leite-pão-e-manteiga.

Há uns poucos letreiros luminosos, meio destruídos, semifuncionando. Há carros, ônibus pelas ruas que se bifurcam. Na esquina, um homem fumando espera alguma coisa, talvez um milagre sob o poste de luz levemente rosada.

Danúbio Azul: na porta do Bar e Restaurante Danúbio Azul aparece a figura, o corpo de Nelson, Nelson Barbante.

Nelson Barbante está saindo e no momento em que está saindo se encontra com Miguelzinho da Lapa, que está chegando "pra dar uma geral", e se cumprimentam, "como é que é" – e um entra e outro sai.

Perpendicular ao corpo, debaixo do braço, um guarda-chuva. Nelson Barbante traz um guarda-chuva debaixo do braço e a testa um pouco suada como se houvesse corrido. Passa o polegar e o indicador nos bigodes recém-nascidos, acaricia-os enquanto vai olhando em frente. Sapato sem meias, sapato da forma do pé magro e ágil, camisa leve aberta ao peito, calça azul e um olhar muito vivo de gato e fera – um certo brilho de preocupação.

*Devagar... Teikirize, malandro... Quem muito quer, muito perde. Quem pouco quer, alguma coisa consegue.*

Nelson Barbante caminha, gingando lento, guarda-chuva agora como que lhe pendendo do corpo, de banda. Dá uma olhada pros lados, pra trás – caminha. Atravessa a rua por entre os espaços dos carros e continua andando para a esquerda, sempre à esquerda, com destino conhecido. Pisa o chão, caminha Nelson Barbante sem saber que exatamente onde pisa caiu ferido de morte Geraldo Pereira, o que não cantava nem dizia besteira, atravessado pela faca – ou seria um soco? – de Madame Satã.

O crioulo tem dois metros de altura – um leão –, o crioulo em frente da portinha pequena – leão, leão-de-chácara – do Naiticlube Nova América. Levanta a mão Mão de Vaca e saúda Nelson Barbante, que lhe responde com um sorriso e com um gesto vagamente militar, os dedos tocando a testa.

– Barbante, Tuxaviu andou por aí perguntando por você.

— Legal. Quando quiser sei onde encontrar ele. Mas me diz uma coisa, Mão de Vaca, tou precisando dar uma palavrinha com a Conceição...

— Não tem problema. Deve tá na hora do número dela.

Nelson Barbante entra.

Nelson Barbante sobe as escadas devagar, *devagar também é pressa, malandro*, usando o guarda-chuva como bengala.

Lá dentro, ar espesso, um cheiro adocicado. Nelson Barbante pisa os últimos degraus distraído, como se estivesse sendo puxado pelo som crescente da rumba barulhenta.

Chega no salão. Meio escuro, luz avermelhada, fumaçada, fumacenta, e no palco iluminado Conceição passeia o corpo, solta o corpo, balança o corpo, desdobrando-se em trejeitos, tentando acompanhar a rumba selvagem: efusiva, meio entregue, meio profissional, meio amadora, a mulata vai criando sua própria coreografia na medida em que dança, pernas grossas cobertas por meias morenas.

Não muitas pessoas nas mesas, talvez doze, talvez quinze, garrafas de cerveja, martínis, uísque nacional. Casais, alguns solitários.

Nelson Barbante contorna o salão por trás das mesas, vai até o bar.

Fica em pé, apóia-se no balcão, observa em redor, olha Conceição, a dança, a música.

— Vai querer alguma coisa? — pergunta o homem do bar.

— Obrigado, não bebo em serviço — Nelson sorri.

O homem faz menção de voltar a se ocupar da lavagem dos copos mas Nelson o interrompe:

— Já que você insiste tanto, me manda um traçado.

Traz agora o guarda-chuva pendurado entre o braço e o antebraço, as mãos livres para pegar o copo, tirar o dinheiro do bolso, observar Conceição. A rumba acaba, Conceição abaixa a cabeça para receber as palmas que crescem débeis, lentas.

Nelson recebe o traçado, paga e sai, direção ao camarim que fica nos fundos da pista.

A mulata se surpreende ao vê-lo entrar:

— Ué, o que é que há, tá na pior?

— Que é isso, Ceição, qual é?

— É que faz tanto tempo...

— Quis dar um refresco — e Nelson estende o braço e entrega o guarda-chuva a ela: — Esse urubu é pra você.

— Obrigada, mas o que é que eu vou fazer com ele?

— Sei lá, dá de presente. Ou experimenta usar quando chover.

Parados, se olham. Ela, sentada, pernas abertas, um pouco de lado. Ele, em pé; não havia outra cadeira. Coloca o copo de traçado em cima da mesinha:

— Tu não tem aparecido lá na Mangueira.

— Empatou. Tu não tem aparecido lá em casa.

— Já disse que quis dar um refresco. Quando eu tiver de sair no bloco da saudade vai ser escolha minha, tá legal?

— Vai começar a empombar, é?

— Não, não tem xaveco. Tou me mandando.

E vira as costas e começa a caminhar. Conceição chama:

— Barbante...

Ele dá meia-volta, coloca a mão na moldura da porta, espera.

— Já terminou o show. Se tu quiser a gente vai lá pra casa.

— Assim é que se fala, mulher — e sorri.

### 3

Tuxaviu procurava Nelson Barbante, procurava Nelson Barbante pelas ruas, nos escondidos da cidade, no Morro do Esqueleto, Querosene, no Morro da Catacumba, procurava, na Barreira do Vasco, nas voltas da Favela dos Meus Amores, Pedreira de São

Diogo, nas ruelas de Santo Cristo, Saúde, nos costados da Praça Mauá, Lapa, procurava; em Madureira, Mangueira, no Rio Comprido atravessou a avenida Suburbana, Pilares, Vila Isabel, Brás de Pina, nos cafundós de Caxias, Nilópolis, São João do Meretrício, aliás do Meriti, procurou.

Perguntou ao vento, perguntou ao tempo, ao Carlos Cachaça; meu Nelson Sargento, cadê teu xará; Geraldo Babão, home muito bão, você viu; Mano Décio da Viola, por onde anda nosso amigo; Cartola, te tiro o chapéu que não tenho, cadê o Barbante — meu Nelson Cavaquinho, tu sabe onde anda teu afilhado?

Ninguém sabe, ninguém viu.

Há tempos que ele não aparece.

Estava no Buraco Quente na semana passada.

Foi visto no Zezinho da Gonoméia lá em Nova Iguaçu.

Deve tá trabalhando em apê de grã-fino de férias, limpando.

Pergunta pra Conceição.

De vez em quando ele se manda pra Copa, Galeria Alaska, Beco da Fome, por aí.

O malandro é invisível, como é que a gente vai ver ele?

Está em todas, não está em lugar nenhum.

Tuxaviu cansou.

Desanimado, atravessou o Beco dos Aflitos da Cinelândia e foi caminhando até a Praça Tiradentes. Se lembrou que estava com fome. Foi até o China. Pediu uma vitamina de abacate. Olhou o vidro do balcão: lingüiça frita cortada em pedacinhos, toucinho, penosa assada, ovo cozido, o escambau. Se fixou na sardinha frita, chamou o homem do bar:

— Manda esse pinto marítimo aí.

Sorveu o líquido grosso, verde, doce, da vitamina. Mastigou a sardinha com cabeça e tudo. Olhava mas não via: ruminava os pensamentos.

"Se ele marcar bobeira, os cara vão pegar ele. Arizinho Grego não brinca em serviço."

Mas aí se acalmou, falando em voz alta:

— Tu já viu, né, se ninguém nunca não viu ele, é por causa de que ele deve tá tranqüilamente numa de quatro parede, malocado. Faz muito tempo que os home não dão férias pra ele.

Aí bateu na idéia, mão estalando na testa, se confortou. Era melhor assim, melhor pro Barbante, mais seguro.

Pelo menos por enquanto.

Mas seguro morreu de guarda-chuva, quer dizer, seguro morreu de velho e Tuxaviu resolveu dar uma passadinha na Lapa, perguntava mais uma vez ao Mão de Vaca e à Conceição, no Nova América.

### 4

Um pouco mais calmo, Tuxaviu conseguira, até que enfim, encontrar Nelson Barbante.

No Sovaco de Cobra bebiam umas e outras. Na mesa perto da porta Abel Ferreira e o resto do pessoal lascavam um chorinho arretado. Mas os dois não estavam pra música.

Acertavam os ponteiros:

— Tá tudo muito legal, Barbante, mas os home tão querendo te segurar pelo pé. E se bobear, te abotoam.

— Corta essa, Tuxaviu. Ainda tá pra nascer quem pode comigo.

— Porra, mas não é só o pessoal do Arizinho Grego, aquela transa de fumo que tu andou te metendo. Os cara da polícia também tão a fim da tua caveira, que pelo menos tu te explique.

— Explicar o quê? Quem dá explicação é otário ou repórter.

— Aquele caso do homem que se apagou ou foi apagado lá na praia de Copacabana. Eles tão sacando.

— Deixa pra lá. É sempre assim: muito blablablá pra pouco vatapá.

Tuxaviu pediu mais uma caracu; misturava com branquinha. Nelson tava pagando. Nelson bebia seu traçado.

— Sei não, Barbante, tou com um pressentimento que desta vez tu entra bem, malandro.

— Que é isso, cara, tou de cabeça feita, corpo fechado...

— Mas os home tão no cerco...

— Deixa eles vir que entro lá no meio deles e planto o terror.

— Tu já viu, né, não vai me dar uma de super-homem, que isso é história pra criança. Manera, que herói mesmo tá morto antes de ficar famoso.

— Mas eu sou o Nelson Barbante ou não sou? Tudo bem, tá comigo, tá com Deus.

Tuxaviu abanou a cabeça. Sabia que não adiantava argumentar. Quando Nelson Barbante encasquetava uma idéia na cabeça, nem Deus tirava.

— Então conta como é que foi.

— Como é que foi o quê?

— O coroa, lá na praia...

Moleza. A bala fez o buraco, quem matou foi Deus. E eu tava lá de bobeira, esperando passar a chuva pra ir pra Lapa, encontrar a Conceição. Aí então, depois que o corpo tava lá mesmo, peguei o revólver e o urubu dele, que ele não ia mais precisar, e saí correndo. Corri como um louco, voei, e quando dei por mim já estava em Nova Iguaçu. Fui direto pra casa do Zezinho da Gonoméia, o rei do trambique. Ele transa qualquer uma e eu tinha de me cuidar pra não entrar numa de otário. Mas como me chamo Nelson Barbante e tava numa pior, qualquer um que entrasse era bem-vindo. E aí fui dizendo pra ele, Zezinho, quanto é que tu me dá por uma máquina legal, zerinho quilômetro, bem calibrada, que só matou um, coisa e tal? Ele segurou o bicho, olhou, olhou, negaceou. Eu esperava que oferecesse cem pratas mas tava querendo duzentas. Acabou pagando cento e cinqüenta, o sacana.

— Pelo menos tu ficou com algum no bolso.

— Tinha de vender de qualquer jeito, não ia ficar marcando bobeira com uma ferramenta daquelas como flagrante.

Tuxaviu terminou a caracu. Nelson dá o último gole no traçado. Chama o garçom:

— Gente boa, vê quanto é o estrago aqui.

Pegar Nelson Barbante ninguém pegava. É que se dizia que com ele o buraco era mais embaixo. Aparecia e desaparecia — era ou não era o malandro invisível? A gangue do Arizinho Grego, entre o medão e o respeito, desistira. Barbante não sabia; não sabia de nada, nem por isso esquentava a cuca. Tranqüilo, encerrava qualquer preocupação do Tuxaviu apavorado:

— Devagar também é pressa. Só peru morre de véspera.

Mas os outros homens continuavam no pé dele — não era uma boa aparecer no Nova América. Ainda havia perigo. Tuxaviu sabia. E Nelson? Sacudia a poeira, dava de ombros. E quando Tuxaviu insistia muito, parecendo abilolado, Barbante crescia pra cima dele:

— Não me esquenta, porra!, que eu não entro em fria.

Tentava amaciar a voz:

— Em baile de cobra, sapo não dança. Ou como dizia mestre Ataulfo, em terra estranha, pisa no chão devagar.

Tuxaviu tava de cara limpa. Nelson, de cara cheia, já tinha emborcado umas e outras, mas sem perder o passo. Sabia onde ia. Estava indo — Tuxaviu de acompanhante — pro Nova América, pegar a Conceição. Não era terra estranha, aquela, mas território dele, deles. Risco calculado.

Passaram por Brancura, o crioulo sem pescoço – "o crioulo do pescoço ocupado", como o Ciro Formigão sacaneava ele –, que já fora o terror da Lapa.

– Como é que é, crioulo? – Barbante saudou. – Como é que vai a vida?

– Pior que ontem, melhor do que amanhã.

Nelson Barbante deu uma risada. Gostava do Brancura.

– Tá tomando tenência, é?

– Nada disso, tou sentindo que as coisas andam meio fora de lugar.

– Te explica melhor.

– Sei, não... Miguelzinho, Cocaína e Baiaco andaram dançando.

– Aonde?

– Pela aí que pros home qualquer lugar é lugar. Vou tirar umas férias, tou me mandando lá pra Barreira do Vasco. Qualquer coisa, vocês não me viram.

– Nem te conheço, como é que vou te ver – falou Nelson.

Se despediram. Barbante e Tuxaviu entraram na Rua das Marrecas, dobraram à esquerda. Caminharam. Logo chegavam em frente ao naiticlube.

Mão de Vaca deixou eles subirem; não disse nada, só fez um sinal.

Chegaram no intervalo do show. Samba no pé, os casais dançavam. Conceição, com uma amiga, bebia cerveja, numa mesa.

Tuxaviu e Barbante foram se chegando e se sentando.

– Tou meio cabrera – disse Conceição.

– É um direito seu, mas posso saber por causa de quê? – reagiu Nelson.

– Aqueles dois ali – e Conceição apontou, numa mesa quase em frente, dois marmanjos acompanhados de duas crioulas.

– Qué que tem?

– Sei não, andaram fazendo perguntas...

– Quem pergunta é porque quer saber.
– ... e não tiram os olhos da gente.
– Vai ver tão a fim de vocês duas.

Tuxaviu tremeu:

– Tu já viu, né, sou capaz de apostar.

Nelson Barbante não conversou, pegou Conceição pelo braço, começou a dançar e, dançando, tentava se aproximar da porta.

Os dois marmanjos – cada qual pegou sua crioula – foram dançar, olhos atentos. Um deles, quando estava a dois metros de Nelson Barbante, empurrou a crioula pro lado com força, pôs a mão na cintura e sacou o revólver.

Nem piscou: o primeiro tiro pegou no peito, aí então ele descarregou, mais um, dois, três, quatro, sete tiros, por todos os lados e no meio de Nelson Barbante, que, sob o impacto, curvou-se como se segurasse a barriga, o peito.

Não caiu.

Correria, gritaria: fez-se uma clareira no salão.

Nelson Barbante tentava se equilibrar.

O marmanjo, com a mão pra baixo segurando o revólver possivelmente vazio de balas, aguardava.

Nelson Barbante não caíra, susteve-se em cima das pernas e, próximo da escada, desandou lá pra baixo.

Já na porta – Mão de Vaca, espantado, olhava em silêncio –, juntou forças para se levantar e começou a correr, meio se arrastando, as mãos sempre segurando a barriga cheia de sangue.

Atravessou a rua, alguns carros se atrapalharam, continuou, conseguiu chegar no Passeio Público, se jogou na grama, sem conseguir alcançar o banco próximo.

Uma multidão apareceu, como se toda a Lapa se reunisse. Os dois marmanjos na frente. Conceição, um pouco mais atrás, gritando e chorando. Tuxaviu? Ninguém mais viu.

De repente, todo mundo parou, num espanto geral:

Cadê Nelson Barbante?

Cadê, cadê?

O corpo que estava há pouquinho ali no chão – ainda havia marcas, o sangue – desaparecera.

– Não é possível – disse um dos policiais. – O malandro pilantra tava aqui agorinha mesmo...

– Não tou entendendo – disse o outro –, nunca vi isso na vida.

– Milagre – disse alguém.

– Milagre – repetiu um outro.

Conceição, que chorava, olhava agora meio sorrindo aquele espanto generalizado.

– Ele não pode ter desaparecido – voltou a falar o policial.

Os dois procuravam em volta do banco, para se certificarem de que o corpo realmente não estava mais ali.

– Ou levantou vôo ou virou fumaça – disse o outro. – É melhor a gente dizer lá na delegacia que não encontrou o homem. Ninguém vai acreditar nessa história.

– É isso aí – respondeu o policial que dera os tiros –, não ficou nada dele...

Ficou a fama.

(Iowa, 1973 – Berkeley, 1978)

# À beira do Piabanha, pro lado de cá do mundo

PUXA, patrãozinho, o senhor nem me conhece e vai logo pagando uma branquinha! O amigo não é da cidade, pois não? Tou aqui parado, seu Zé – o senhor se chama seu Zé, não é mesmo? –, esperando que daqui a pouco apareça o submarino das sete, que ele passa de necrotério em necrotério pela cidade, nhô sim. O pessoal daqui dizque eu perdi o juízo, sei não. Trabalho duro, depois bebo umas e outras pra esquentar, pra descansar: a gente tira é areia do rio. Pra evitar enchente. E agora tá ajudando a consertar a catedral. A gente vai consertar a catedral direitinho e dar pro papa de presente, que ele gosta – papa é bom e gosta sempre. Ficamos juntando nossos guardados, arrumando nossos mijados, patrãozinho, e contando os trocadinhos pra fazer uma viagem no Amazonas que é pra vê se a gente consegue comer alguma coisa, sei lá. Dizque é terra do futuro, tem até homem santo levando o povo pra felicidade. Aqui, o máximo que eu ganho é o mínimo, quando ganho, que já andei lendo os classificados, com muita dificuldade, que ler é coisa de quem alisou bunda em banco de escola. Mas me defendo com meus entendimentos. O que não entendi foi um reclame do jornal da terra, chamando atenção dos analfabetos, e que dizia assim:

"Analfabeto!
Se você não sabe ler, não deixe de se inscrever no posto do Mobral, à rua tal, número tal."

Me diga, dá pra entendê? Se o sujeitinho lá for analfabeto, como é que vai ler, hem? O Brasil precisa de desanalfabeto, sei disso, patrãozinho, mas eu já sou um deles, consigo ler A com B, C com D. Serve mais uma pinga, se serve, que pinga serve pra espantar esse frio, nhô sim, cobertor pra esquentar o por-dentro. Eu vivo aqui nessa cidade há cinqüenta anos, quando nasci, e fui logo começando a viver nela, que não tinha remédio. Já fiz muita coisa, já vi cobras, lagartos, ratazanas, porco morto. O senhor já viu porco morto? É quando o porco é mais porco, só não fica dando grunhido. Vi o Anestésio derrubando uma garrafa de álcool puro pelo gargalo e depois, antes que ela derrubasse ele, vi o Anestésio a mil por hora, falando, cuspindo e xingando, quebrando tudo lá no morro, que era só eletricidade o corpo dele, um bicho-fera que virou. Vi o causo do malandro voador, já ouviu falar, não já? – que voou pela janelinha do presídio dois dias sem parar. Dizque foi dar com os costados lá em Santo Antônio da Anunciação, nos meios do interior, virou tranca-rua, com terreiro montado e tudo. Polícia nunca mais viu ele, não: sumiu. Gente boa, o Anestésio, tocava um cavaquinho de derrubar, mas andou exagerando nas atividades de amigo do alheio e os home acabaram pegando ele também. Mas depois o malandro voador avoou avoou, que pelo menos o céu é livre. Vi uma mulher-dama virar assombração e o filho do seu Dadinho, daquela vendinha da esquina do cemitério, virar até vereador – da Arena, que é gente fina lá do governo. Ele ficou de me arrumar emprego, mas me arrumou mesmo foi trabalho, esse de todo o dia tirar areia do rio, pra quando a chuva chegar a enchente não chegar com ela. Conhece o rio Piabanha? Pois eu conheço, palmo a palmo, de pé no chão, de botar a mão na sujeira. Mais uma pinga, patrãozinho, que pode ser que chova. E faço uns biscates aqui e ali, pra defender o feijão e a branquinha de cada dia. Nunca fui à cidade grande, mas dizque tem até ponte no meio da rua e trem que anda até fora dos trilhos. Aqui de madrugada também tem seus mistérios: submarinos que começam a aparecer e nos levam pro lado de lá do mundo, muito além do cemitério. O filho do seu Dadinho hoje é gente fina, fala com a gente só de terno-e-gravata. Mas já deu muito trabalho, já criou muito caso com os home. Uma vez pegaram ele numa briga com três de fora da cidade, ele bateu num e noutro e no terceiro e aí chegou os home e bateram nele. Mas foi coisa pouca, que conheciam todos seu Dadinho, assim mesmo levaram o menino lá pra delegacia, pra dar um susto. Ele tava com um casaco bonito e chegou lá e se explicou com o delegado, que os forasteiros tinham provocado, xingado mãe, coisa assim. Era homem, não era? Pois haverá de reagir, e foi o que foi, deu no que deu: todo mundo apanhou, sobrou pau pra todos eles. Os home até que entenderam ele, afinal era filho do seu Dadinho, elemento da cidade, e os outros arruaceiros de fora que vinham atrapalhar a calma – e devido a isso mandaram o filho do seu Dadinho embora, que podia ir. Mas aí o assistente do delegado falou do casaco dele, disse esse casaco é bonito, hem, até parece casaco de viado. Aí o filho do seu Dadinho começou tudo de novo, disse que viado era a mãe que tinha parido ele, e o pai e a mãe e o pai da mãe, essas coisas que não se diz praquela gente, não é mesmo? Aí sobrou um pau pra ele, uns cascudos, que o cara cresceu pra cima dele, que não foi embora não: ficou lá na geladeira. Não toma mais uma branquinha? – que esse frio tá demais, seu. Mais duas semanas e a gente termina de consertar essa catedral, se antes não voltar a chover e levar ela boiando Piabanha afora. O seu Dadinho dizque na cidade grande tem catedral dez vez maior do que essa aqui, imagine só. Senhor já viu? Ia ser serviço prum ano. Se a enchente chegar, culpa não é minha, não, que todo santo dia eu tiro aquela terra lá do rio, mas a enchente vem e o que é que a gente pode fazer? Nada, não, só ficar lá em cima vendo os submarinos chegar e levando o povo pruma terra talvez mais melhor, patrãozinho. Por isso lhe digo: chuva é coisa de Deus, não é não? Pois eu tiro a terra e ele manda a chuva. Ele é mais forte e não tem guarda-chuva nem pá que dê jeito. Só que em vez de submarinos, o governo devia providenciar uma arquinha, como aquela do Noé, pois pode ser que a gente daqui prefira essa vida mesma, de coisa parada e uma pinga de vez em quando e todo o dia, é ou não é? Me diga.

(Petrópolis, 1976)

# "El día en que me quieras"

### 1

A CABEÇA mais enrolada do que carretel, zunindo, zumbindo. E o corpo, o corpo balançando, balançando: como se ventasse. As pernas. Eram quantas, as pernas? três, quatro? Julinho, bem, Julinho não conseguia se entender: qual a direção que me leva da minha perna esquerda à minha perna direita? não, nada disso. Julinho andava, trocava os passos, andava, trocava os passos, as pernas. Despedida, foi a despedida; despedida de solteiro, não é? – pois para bom entendedor meia pala... para quem sempre bebeu muito, em despedida de solteiro o negócio era beber muito muito muito. Demais. Se afogar. Chibum! – de cabeça. Língua enrolada – era preciso fazer força para levantar a cabeça, a cabeça, irmão.

Em casa. Não saberia dizer como chegou em casa. Deus protegia mesmo as crianças e os bêbados. Chegou depois das seis da manhã, como notou a mãe, acordando no quarto. Caiu duro na cama.

Perto das três da tarde, a mãe e o irmão de Julinho começaram a se preocupar. Não acordava? Entraram no quarto dele, tentaram despertá-lo. Nada.

Às três e meia voltaram.

– Acorda, Julinho, teu casamento é daqui a duas horas.

– Ca...? Que casamento?

– Teu casamento, cara – falou o irmão. – Anda, levanta.

— Deixa eu dormir. Brincadeira tem hora.

A mãe trouxe uma toalha molhada e passou-a pelo rosto de Julinho. Julinho reagiu:

— Porra, não enche, quero dormir.

— Não é possível, continua bêbado — falou a mãe.

Abraçado ao travesseiro, Julinho não abria os olhos.

A mãe e o irmão se olharam.

— Só tem um jeito — disse ele.

— Meu-deus-do-céu, como é que esse menino vai se casar?...

— Calma, mãe. Vai lá e enche a banheira.

A mãe saiu. O irmão ficou empurrando o ombro de Julinho, que reagia:

— Vê se me esquece, porra!

— Você tem casamento marcado. E vai casar nem que seja no tapa.

— Que casamento que nada. Como é que não me avisaram?

— Que porre... tu não tem vergonha na cara. Não foi ontem a tua despedida de solteiro, porra!

— Sei lá, eu... — e Julinho enrolou a voz, olhos se fechando!

A mãe voltou:

— A banheira tá enchendo. Água fria, não é?

— Gelada.

O irmão deu um tapa de leve na cara de Julinho.

— Pára, seu viado...

— Vai lá na geladeira e tira o gelo, mãe.

— Gelo? Pra quê?

— Como ele tá, só com tratamento de choque...

A mãe saiu, pegou o gelo, se dirigiu para o banheiro. Foi abrindo as fôrmas do gelo e jogando as pedras n'água.

O irmão chamou a mãe para ajudá-lo a carregar Julinho. Que se pôs a reagir mas, sem forças, acabou se entregando. Praticamente arrastado até o banheiro. Começava a operação tirar a roupa; com um braço o irmão segurava Julinho e com o outro ajudava a mãe a tirar os sapatos, a calça, a camisa, as cuecas. Nu, Julinho não se agüentando em pé. O irmão segurou com os dois braços e jogou ele na banheira. Foi água pra tudo que é lado – Julinho se debatendo, pernas e braços pra cima e pra baixo, a cabeça tentando ficar acima do nível d'água. Não conseguia. Julinho abriu bem os olhos.

– Puta que o pariu!
– Agora você acorda de vez – falou o irmão.
– Pra que isso tudo, seus sacanas...
– Teu casamento é daqui a pouco.
– Meu... o quê?

2

Passada a cerimônia – a noiva, bonita e jovem; Julinho, alinhado, rosto branco, olhos de espanto –, foram todos comemorar no D'Ângelo. Caía uma neblinazinha pela Avenida Quinze – os petropolitanos chamam de "ruço" – e a noite descia devagar como um gato preto e molhado.

Umas quinze pessoas ao longo de várias mesas juntadas. Julinho, agitado e aliviado, como se se visse livre de uma obrigação, sentou-se entre a noiva-esposa e a mãe.

– Antes de mais nada, vou querer um uísque – disse ele.
– Vê lá o que você vai aprontar – a mãe falou, baixinho.
– Vamos comemorar – falou ele, alto. – Não é todo o dia que a gente se casa, é ou não é?

Deu um beijo na noiva, meio desajeitado.

Todos conversavam. O garçom anotava os pedidos.

– Pode vir antes o uísque – Julinho insistiu.

— O mais novo homem sério da cidade — disse um amigo.
— É isso aí — Julinho ria.
Depois de uma hora, a mãe falou:
— É melhor comer alguma coisa, meu filho.
— Pode pedir aí, mamãe. Eu não tou com fome, só quero bebemorar.
E riu, estendendo os braços, começando a quinta dose.
— Vê se vocês não passam da hora — falou a mãe da noiva.
Julinho bebia.
— O hotel no Rio já está reservado — falou a mãe.
Os amigos bebiam.
A mãe e a sogra de Julinho comiam.
Julinho bebia.
— É melhor pedir a conta — lembrou alguém.
— Acho que ele não está em condições de dirigir — falou a mãe para o irmão, a mão em concha.
— É hoje, amanhã não tem mais — gritou Julinho.
Os amigos bebiam.
O garçom veio com a conta, se aproximou de Julinho e da noiva, sorrindo: sorriu pra ela.
— Qual é a tua? — falou alto Julinho.
— Como? — disse o garçom.
— Tá arreganhando os dentes pra minha mulher, por que, hem?
O garçom balançou a cabeça, meio sorrindo.
Julinho se levantou e, tendo a mesa entre eles, tentou pegar o garçom pela lapela. Gritaria, os amigos se levantaram, tentaram acalmar Julinho, enquanto outros tratavam de afastar o garçom.
— Seu escroto! — gritava Julinho, segurado.
— Leva ele lá pra fora — disse alguém.
Levaram, com argumentos e força.

— Como é que esse menino vai assim pra lua-de-mel? — disse a sogra, chocada.

— Não se preocupe — falou a mãe de Julinho. — Isso passa logo.

— Mas ele não pode dirigir — disse a sogra.

— Pode deixar que eu levo eles pro Rio — disse o irmão. — Coloco eles dois direitinhos lá no hotel.

— Isso, meu filho. Cuidado, viu — falou a mãe, dirigindo-se em seguida à recém-esposa: — Vai com ele, vai, minha filha.

O irmão de Julinho acompanhou a noiva até lá fora.

Julinho já estava dentro do carro, cabeça baixa, como se dormisse.

## 3

Os dois acordaram com o café da manhã. As bandejas em cima da cama.

Julinho se levantou e começou a vestir as calças.

— Me espera um pouquinho que eu vou lá embaixo comprar cigarros. Depois a gente vai à praia.

— Não demora — ela disse.

Desceu.

Na Avenida Atlântica procurou um bar. Pediu cigarro. Hesitou um pouco, depois se decidiu:

— Quer saber de uma coisa, me serve aí uma dose.

— De quê? — perguntou o rapaz do bar.

— Uísque nacional. Qualquer um.

Meio-dia e meia. Havia sol. De costas para o balcão, olhando a praia, bebeu o primeiro gole. Virou-se.

Sentiu uma mão nas costas.

— Não é possível!? — disse Julinho. — O que é que há?

— O que é que tu tá fazendo aqui, cara? — falou o amigo.

— Oh, meu irmãozinho, como é que pode. Senta aí comigo. Casei, cara, vamos beber uma pra comemorar.

— Você, casado? Essa, não!

— Acontece com qualquer um. Serve uma dose aqui pro meu amigo. E o que é que você está fazendo por aqui?

— Vou ao jogo. Vim mais cedo pra dar uma volta na praia.

— Que jogo? – perguntou Julinho,

— Ô cara, hoje tem Fla-Flu.

— Não brinca!

Continuaram a beber. Julinho se entusiasmava.

## 4

Terminada a partida – 2 x 1 para o Flamengo –, Julinho e o amigo saíram do Maracanã e começaram a andar, já que pegar condução àquela hora seria difícil.

Pararam num bar. Pediram cerveja.

— Aquele gol do Zico foi de gênio, cara, de gênio.

Vem caminhando uma mulata.

— Um gol de placa – dizia Julinho.

A mulata passa por eles.

— Olha que monumento – falou o amigo.

— Me leva pra casa – disse Julinho, alto pra que ela ouvisse.

— Olha lá, coxa, ela tá sorrindo.

— Vou ganhar ela – disse Julinho. – Deixa comigo.

E foi atrás.

## 5

No outro dia, de manhã cedo, Julinho chegava ao hotel – e chegava cantando:

"En el día en que me quieras..."
A esposa-noiva, na cama, chorava:
— Você me abandonou, Julinho, isso não se faz...
— Abandonei nada!... Vê se não me enche. Eu quero é dormir.
E caiu na cama, duro.

(Petrópolis, 1978)

# 1964: manobras de um soldado

*Para Chico Octávio Rudge*

31 DE MARÇO de 1964?

Me lembro, sim. Eu era soldado, tava servindo no batalhão de Petrópolis. Deixa ver... Como era dia de dispensa, eu tinha ficado em casa. Mas de manhã me telefonaram lá do quartel – aquele papo de sargento: "o mais tardar", "venha imediatamente para cá", e tal e coisa. Enfim, uma chamada de urgência. Meio chateado, desci, fui pra rua, ver se conseguia comprar alguma coisa, estava um pouco sem dinheiro porque o meu pessoal tinha viajado e há dois dias que eu tava sozinho em casa. Mas mal cheguei na cidade já encontrei a soldalhada no jipe e fui direto pro quartel. Não consegui comprar nada, nem pedir dinheiro emprestado, coisa nenhuma. No quartel era a maior complicação, ninguém se entendia, todo mundo procurando as armas, o material, aquela coisa toda, e o papo dos soldados – "é greve na Petrobras", "tá quebrando o pau num laticínio da Baixada" –, gente dizendo que era manobra, treinamento, mas como nós íamos pegar um ônibus, logo sacamos que não era simples manobra nem treinamento, pois manobra no conforto a gente nunca tinha feito – ônibus de poltrona reclinável e tudo o mais. Partimos, um pelotão em cada ônibus, em direção a Três Rios. Lá em Três Rios um coronel veio falar com o comandante do nosso batalhão, que em seguida encaminhou nosso ônibus para Paraibuna. Chegamos lá à tardinha, quase noite; tomamos posição perto da ponte que fica em cima do rio Paraibuna. Ninguém sabia de nada, a única coisa que nos disseram era que a gente tinha de tomar conta da ponte. E ficamos esperando. Só lá pela meia-noite é que apareceram as primeiras notícias: um sargento chegou e disse que achava que o estado de Minas Gerais tinha se revoltado; aliás, ele disse que Minas estava querendo se separar do Brasil. Meia hora depois apareceu um tenente procurando um mensageiro, o mensageiro da tropa. E o mensageiro era eu. Ele queria que eu fosse até Serraria, dois quilômetros pra trás, procurar um coronel e dizer a ele que o general Muricy, que vinha comandando a vanguarda das tropas mineiras, queria parlamentar; que possuía um gráfico do terreno em que a gente estava e um regimento de obuses apontando pra lá; no caso de recusa do coronel, dizer que às duas horas ele ia bombardear aquilo tudo. Eu saí, fui pra estrada, meio apavorado, em direção a Serraria. No caminho, peguei um caminhão com um tenente que me deu carona. Encontrei o tal coronel num bar tomando cerveja – ele até me ofereceu um copo – e disse a ele que precisava parlamentar, caso contrário a gente seria bombardeado. Ele respondeu que não, que parlamentar com o general Muricy era aderir, e que ele não ia, que era para os pelotões continuarem naquelas posições, que ele não acreditava que eles fossem bombardear coisa nenhuma. Mandou então um capitão me levar de volta, de jipe. Voltava com ordens de continuar nas mesmas posições. Todo mundo apavorado. O tenente Luas, comandante de um pelotão, tremia de medo, dizia que não tinha jipe, não tinha rádio, não tinha maneira de sair dali. Um sargento de um outro pelotão já havia até cavado uma trincheira com a baioneta – de tão apavorado. O primeiro pelotão que viera conosco já atravessara pro outro lado do rio, aderindo às tropas mineiras, porque o comandante abandonara o pelotão passando pro outro lado, e, como a soldalhada ficou sem saber o que fazer, foi atrás. Nós ficamos acordados a noite toda, só aguardando. Às duas horas da manhã todo mundo esperava o bombardeio. Eu já tinha até visto um lugar pra me esconder, debaixo da ponte, pois sabia que eles não iam bombardear a ponte, iam precisar atravessá-la depois. Mas às duas da madrugada não houve bombardeio. Às três horas mais ou menos apareceu um cidadão à paisana, com mala na mão, vindo a pé pela estrada. Um soldado ao meu lado, que tava com fome, cansado, chateado, ficou a fim de dar um tiro no tal sujeito. Mas finalmente alguém gritou "alto!" – o cidadão parou, jogou a mala pra longe e ficou com as mãos pra cima, gritando que era o sargento Ferreira, que era o sargento Ferreira. Depois ficamos sabendo: era um sargento de uma companhia do Rio de Janeiro que estava vindo da Bahia; conseguiu passar contando uma história, que era do Rio, que precisavam dele lá, que era pai de família – e conseguiu vir de carona e a pé. Procurava agora sua companhia para se incorporar. Finalmente, deixaram ele passar. Até de manhã cedo não aconteceu mais nada. Às seis começamos a ouvir barulho de lagartas de tanque no asfalto da estrada lá embaixo. Com a claridade do dia, fomos notar que tinham desaparecido algumas pessoas do nosso pelotão. Três soldados e um sargento: eles saíram para fazer patrulha e aderiram. Outros dois oficiais tentaram aderir e foram presos por um major (um sargento do nosso pelotão avisou que eles iam atravessar o rio). Sem oficiais, nosso pelotão estava isolado. Aquele barulho de lagartas dos tanques nos deixou sem saber o que fazer. Alguns soldados começaram a apostar, tentar descobrir o nome dos tanques, das máquinas etc. – cada um dizia um nome, até o sargento entrou na brincadeira. Mas os tanques se aproximavam – um deles parou na encosta bem perto de nós, saiu um cara da torre e disse "puxa um pouquinho pra direita", e apontou lá pra cima os canos do canhão 81mm e duas metralhadoras ponto-50, e falou pra todo mundo descer senão ele ia mandar atirar. O sujeito estava bem ali na nossa vista, no topo do tanque, e a gente com aquela dúvida se atirava ou não. O pessoal mais à frente ficou assim, indeciso; por fim levantaram os braços e começaram a descer. Mas com a gente, na parte mais alta do morro, foi diferente: era só pular pra trás, tinha um barranquinho atrás e pulamos e saímos correndo. Deixei tudo ali, saco, embornal, perdi inclusive minha roupa e o pouco dinheiro que tinha, cigarros, e saímos só com a metralhadora pelo meio do mato – um sargento e dez ou doze soldados. Nossa idéia era voltar e pegar aquele caminho que levava a Serraria e dizer que tinha sido impossível continuar na frente, e ver se a gente se unia ao pessoal que estava atrás. Encontramos mais uns gatos pingados mas não vimos os pelotões que deveriam estar atrás da gente, não víamos coisa nenhuma. E eu me lembro que pela estrada continuava o barulho das lagartas, os tanques vindo pela estrada. E o sargento que estava comandando o grupo gritava comigo, que vinha à testa do pessoal, para abrir mais o passo – o homem vinha apavorado: "Abre mais o passo, abre o passo, vamos apressar esse negócio." Quando chegamos a Serraria, exaustos, a primeira coisa que a gente viu foram os dois oficiais que deveriam estar presos circulando livremente. Não deu pra entender o que estava acontecendo. Mas logo se ficou sabendo: as tropas do 1º Exército, que deveriam reforçar nosso batalhão – uma unidade, isolada lá na frente – já tinham chegado. Só que em vez de reforçar o nosso lado, se comunicaram com as tropas mineiras pelo rádio e resolveram entrar em acordo. Enfim, só tinha sobrado a gente mesmo, pois o comandante do nosso batalhão, quando sentiu o que estava acontecendo, conseguiu botar quase todo mundo dentro dos ônibus e recuar até Areal, onde pensava encontrar ainda algumas unidades, em Niterói, que estavam com o governo. A gente descobriu que não passávamos de uns trinta soldados. E só ali naquela cidadezinha havia dez mil soldados deles, e do outro lado do rio devia haver mais dez mil das tropas mineiras: nós estávamos cercados por vinte mil soldados, sem nenhuma condição, muito menos intenção, de reagir nem coisa nenhuma. E assim que a gente chegou, fomos logo sendo presos, porque um oficial viu e sabia que nós éramos do batalhão e assim nos prenderam. Chegaram uns soldados da PE, prepararam uma área pra gente ficar isolado e nos desarmaram. Presos em Serraria, presos e sem comida, com área delimitada, sem dinheiro, sujos, chateados, sem dormir. Aí então apareceu um major pra falar conosco – nós não tínhamos nenhum oficial, só um sargento e uns vinte soldados –, para explicar a revolução; e o major foi dizendo que aquilo tudo era pra defender a unidade das Forças Armadas, a disciplina das Forças Armadas, e salvar o país do perigo comunista etc. e tal – era por isso que eles tinham feito aquela revolução e queriam que a gente aderisse, pois as tropas mineiras precisavam de pessoal, nós estávamos quase na época da baixa e os soldados que vinham com eles eram recém-incorporados, sem a menor prática de armas etc. Eles não tinham quem manejasse morteiros, canhões de 81mm, metralhadoras – e precisavam de nós. Falou que a gente deveria aderir porque eles não pretendiam mudar a ordem do país, nem nada, tinham apenas uma lista de exigências a fazer ao presidente João Goulart, não iam derrubá-lo mas só exigir que cortasse do governo elementos perigosos que estavam provocando a desarmonia entre as Forças Armadas, a questão da greve dos sargentos, por exemplo – queriam, em suma, apenas defender o país do perigo vermelho. O major falou e foi vaiado. Os soldados estavam cansados e danados da vida, resolveram não aderir – não foi por patriotismo, não, a turma estava com fome e com raiva e achou melhor ficar de fora. A posição de prisioneiro ali ainda era a mais confortável. Então ficamos assim, isolados. Lá pelas onze da manhã começou a chegar mais gente, um grupo de combate que estava perdido pelo mato. Eles chegaram querendo saber o que tinha acontecido, apareceram ali em Serraria procurando por um coronel e o batalhão lá deles e acabaram encontrando não sei quantos regimentos do 1º Exército. Estavam completamente por fora, perdidos no meio daquilo tudo, querendo saber quem tinha ganho a guerra. E foram imediatamente presos. Depois apareceu mais um oficial com quatro soldados e um segundo-tenente. Era o único oficial ali conosco. Ele então conseguiu que devolvessem nossas armas, pois aquela não era bem uma posição de prisioneiro, nós apenas não iríamos interferir, íamos ficar ali, parados, vendo o pessoal passar, sem nos meter. Foi o general Muricy quem falou, explicou a situação. Em compensação nós ficamos sem comida e o pessoal estava com fome mesmo, há vinte e quatro horas que a gente não sabia o que era comida. Aí nós combinamos, enquanto eles tomavam conta da gente, três ou quatro escapavam e tentavam resolver o problema da alimentação. Alguns ficavam nas filas de rancho das outras unidades; cheio de gente desconhecida, não era difícil conseguir comida, mas era horrível, comida de quartel, e ainda por cima feita na estrada. Quando chegou a nossa vez de escapulir, encontramos um repórter, acho que da *Fatos & Fotos*, e ele estava querendo fazer cobertura e não conseguia ninguém pra lhe dizer alguma coisa – aquele papo de militar, tudo é segredo, não se pode contar nada pra civil. Então ele queria que a gente respondesse a umas perguntinhas – respondíamos, sim, mas só se ele pagasse comida. Ele então nos levou para um bar, nos sentamos e pedimos sanduíches de pernil, ele mandou vir dois pra cada um, o pessoal reclamou, queria quatro pra cada, e mais cerveja, ele acabou concordando – nós botamos os sanduíches que sobraram nos bolsos da japona. Enquanto isso, fomos contando uma série de mentiras. (Mais tarde eu li a revista e a reportagem saiu com todas as nossas mentirinhas.) No bar, outros três soldados que estavam sem dinheiro resolveram não pagar – além do mais o pessoal do bar estava explorando. Aí, quando o dono reclamou, eles mandaram botar tudo na conta do Exército. Depois, já na rua, um do nosso grupo bateu palmas na porta de uma casa e explicou a situação e a senhora que atendeu arranjou um prato de comida pra turma. Outro galho que a gente tinha que quebrar era ver se conseguia se comunicar com o pessoal de casa, pois todos os pais e mães tavam completamente sem notícias, preocupados. Fomos então até a telefônica, onde já havia uma fila enorme. Esperamos uma porção de tempo, pois tinha aquela questão de hierarquia, os oficiais falavam antes, e eram dezenas de oficiais pra falar, nunca chegava a nossa vez. Aí aconteceu um negócio engraçado: quando tava quase na minha vez de falar, chegou um major. Acho que do 1º R.I., e pediu uma ligação pra casa. Era um major enorme de gordo, devia pesar uns cem quilos mais ou menos, usando uma calça de instrução larguíssima. Ele foi entrando, se espremendo na cabine telefônica. Quando conseguiu a ligação, ouvimos a conversa: ele falava com a mãe – ele, um sujeito já de quase cinqüenta anos, começa com um "mamãe!" bem alto, pois a ligação estava ruim –, e todo mundo ali escutando "mamãe, quem tá falando aqui é o Dudu", ele dizia, "a senhora não precisa mais se preocupar. Diz pro fulano que essa questão de greve vai acabar"; depois falou que já estava indo pro Rio e aí então, sempre gritando, perguntou pelos peixinhos do aquário, se tinham sido bem tratados, se tinham dado alpiste pros passarinhos... Tudo isso quase berrando: foi uma gargalhada geral na telefônica. O tal major saiu de lá na maior bronca. Depois cada um de nós conseguiu falar pra casa e sossegar o pessoal. A gente tava lá numa situação até que cômoda, detidos, calmamente instalados, e na volta pra nossa "área" resolvemos dar o golpe que tínhamos visto: entramos num bar, pedimos cerveja e mandamos botar na conta do Exército. Depois descobrimos um pomar de pitangueiras, com uma porção de soldados comendo as frutinhas. Outra diversão era mexer com os soldados de Minas: perguntar se eles tavam indo pro Rio pra comprar bonde, tentar irritar alguns deles pra ver se a gente resolvia no tapa o que não tinha sido resolvido no tiro lá em Paraibuna. Aí pelas seis horas da tarde, começaram a se movimentar em direção ao Rio de Janeiro. Nós seguíamos atrás, numa viatura que ficara à nossa disposição. No caminho, vi cenas de morrer de rir. Logo na saída de Serraria, em direção a Três Rios, passamos por um posto de gasolina, onde um soldado de uma unidade mineira qualquer tinha feito um ninho de metralhadora justamente em cima do posto. Quer dizer, tava ali pedindo a Deus pra que jogassem uma granada naquilo pra ver o que ia acontecer.

(Petrópolis, 1968)

# 1964: memórias do cárcere

*Para Dyonélio Machado*

ME ACORDANDO *me acordava – é de manhã.*
*Mas meus olhos só amanhecem depois de molhá-los: lavei-os. Aí então abriram-se mais e mais e, me acompanhando até a janela, contemplaram, contemplam o lá-fora.*
*O lá-fora: contemplar a paisagem?*
*Como de uma prisão.*

(Quando preso: me lembro bem como era fundamental pedir para ir ao banheiro, que de lá, só de lá, colocando os pés na privada, podia-se ver o sol e a ruinha que subia para o morro, gente vindo e indo, indo e vindo. Era o cotidiano. Era o cotidiano e era, aquela fresta, a liberdade: através dos olhos, a liberdade. Que a mente, ainda e então, estava livre embora cansada, por pressões, pelas quatro paredes sem janelas, pelos demais presos, o carcereiro sempre de cigarro dependurado no canto da boca, sempre irônico e mexendo que eles iam te (me) pegar, torturar. Foi política a prisão, que toda o é – política. Marcantemente a tua (a minha), por ações, situações, suposições; devido a delações de colegas – o chamado dedo-durismo, palavra que se afirmou depois de 1964. Mais de dez anos depois, escutando Lupiscínio Rodrigues cantando "vingança, meu amigo, eu só quero vingança", foi que comecei a pensar nos delatores, não com ódio mas com desprezo. Mas o que te (me) pergunto a esta altura é se não foi ali naquele segundo andar da polícia política que começou a desmoronar a saúde, a juventude que havia em mim. Em mim. Uma experiência de vida é sempre uma experiência de vida – mais ainda que nas proximidades da morte? Da morte. O carcereiro, por exemplo. Ouço-o ainda, ouço-o, bem. O carcereiro me falava então do pau-de-arara, que um ladrão havia estado nele no dia anterior, fazendo todas as necessidades nas calças – "cagando e mijando, o cagão" –, naquela posição, com braços e pernas amarrados e com um pau entre as partes internas dos joelhos e dos cotovelos. Que tortura na polícia "pra esse tipo de bandido" tinha sempre existido. Sabia. Sabia? Nem tudo foi inventado em 1964. Também eles – esses anônimos, fodidos ladrões de galinhas, batedores de carteira, desocupados, assassinos, pequenos marginais, meros suspeitos –, também eles prisioneiros políticos? Me esqueci da cara do delegado, me esqueci da cara dos vários guardas, me esqueci da cara dos patrulheiros que me (te) prenderam – numa ambulância, que carro de polícia dava muito na vista –, só não me esqueci da cara do carcereiro que, coitado, virou símbolo particular daqueles tempos assustados. E que confirmou seu destino de símbolo a vez que o vi, muitos anos depois, andando pelas ruas, aos trapos, miserável, louco, abandonado, o mesmo cigarro no canto da boca. Louco: triste sorte a tua, carcereiro; triste sorte a nossa pois de alguma forma tivemos destinos parecidos, caminhando separadamente em direção à destruição: des-tru-i-ção. Eu, com alguma vantagem que não localizo muito bem em relação a você – talvez uma questão de saúde física, de ter bem me alimentado quando criança; talvez um problema de classe: tive, sim, melhores condições de vida do que você. Mesmo assim alguma coisa naquela época se rompeu dentro de mim – me lembro que meu orgulho (empáfia, disse o delegado) ajudou a me segurar, embora tenha me atrapalhado, me atrapalhasse ao lidar com a situação. Delicadíssima, segundo o delegado. Como um equilibrista em cima do arame sempre sendo empurrado: queda, cair, pois prisão é sinônimo de humilhação – e dá-se tempo ao tempo para se recuperar. Minha vantagem é que tive ou tinha consciência disso tudo; tua desvantagem, carcereiro amigo (porque preso também), é que, tão destituído desse mínimo de percepção, sucumbiste. Humilhação não era uma fase da tua vida, humilhação era a tua vida, pequenina parte de uma engrenagem à qual servias e que por sua vez te definia, te destruía sem dor. Sem dor. Viraste louco de rua – e eu, em que me transformei? Com condições objetivas – e subjetivas com todo o lado, vamos dizer assim, esquizóide despertado a partir daí – melhores, ainda continuo me segurando. Me segurando para não cair, carcereiro. Não, nunca vou virar louco de rua – e não sei se isso...)

*Manhã, manhã cinzenta.*
*Obedecer, seguir o ritual: me vestir?*
*Essa janela precisa de reformas, talvez uma pintura – está descascando.*
*A paisagem, fica onde a paisagem?*
*Atrás dos muros, paredes, edifícios?*

(... é pena ou consolo, não sei. Talvez tarde eu tenha procurado um psicanalista, é possível, pois minha classe costuma recorrer a essa palavra e função de que nunca jamais ouviste sequer falar, carcereiro. Por uma dessas ironias da vida eu vinha caminhando em frente ao Fórum da Avenida Quinze – quantos anos depois? dez? doze? –, quando te vi andando em direção contrária e nos olhamos (impressão minha? não creio que você tenha memória visual para se lembrar de um entre tantos presos) e paramos e continuamos nossos caminhos, sempre diferentes, sempre iguais. Sem olhar para trás, que nossos caminhos foram, são e serão diferentes a ponto de que, se não tivesse havido o golpe de 1964, jamais saberíamos da existência um do outro. E mesmo tendo teu rosto – sempre o cigarro no canto da boca –, o teu aspecto lamentável diante de meus olhos, eu jamais – que injustiça! – cheguei a saber teu nome. Gostaria de sabê-lo; para te nomear, te chamar. Como te chamas, carcereiro, como te chamavas, como te chamavam eles antes de encontrares a saída da prisão, liberdade a teu nível, por caminhos tão transversos, essa liberdade de louco? Por que não conversas comigo, como então fazias todos os dias, me chamando de professor talvez por causa de meus óculos e me ameaçando veladamente, com um pingo de carinho na voz, o mínimo que podias oferecer como fodido carcereiro? Por que esta distância – você, louco de rua; eu, neurótico de apartamento –, se já estivemos juntos, em campos opostos, está bem, mas ambos vergonhosamente manobrados por pessoas e poderes cujos rostos não conhecíamos. Não conhecíamos. Por que não podemos conversar agora, de homem para homem? – hoje não sou mais aquele líder estudantil de personalidade forte mas na verdade perdido; hoje não és mais aquele funcionário pequeno da grande repressão. Homens, ex-homens? Será que estarei apenas te usando analiticamente para incorporar e exorcizar o carcereiro que mora dentro de mim? Será que tua passagem pelo mundo se reduziu apenas a isso: a ser símbolo débil e particular, porquê de uma pessoa, uma pessoa sem expressão maior do que justamente essa de te perceber e de te providenciar um destino no mundo? Destino pequeno, carcereiro – e será, meu amigo e inimigo, que poderias ter me matado naqueles dias se tivesse tido oportunidade ou ordem? E eu, morreria tão facilmente assim, ou levaria com minha morte um pedaço teu, se é que ainda tinhas, já então, algum pedaço vivo? É de morte que estamos falando, porque a prisão, negando o lá-fora, negando a liberdade, é sempre uma possibilidade, uma situação virtual e mórbida, onde e quando as preocupações bobas e as neuroses gratuitas que tanto ocupam nossos dias se desvanecem para dar lugar a essa presença: você mesmo. (Despido, tendo a laje como colchão.) Isto você jamais perceberia, carcereiro, jamais sentiria, mas é a prisão o lugar menos propício à alienação, por exemplo; simplesmente porque a prisão é o real forte demais te apontando, te chamando, te afirmando e te negando – um lugar de medos e certezas, mas não de falsas dúvidas. Não, não há fuga, há compensações: se não posso sair, então sonho; se não posso falar, então penso; se não posso comer decentemente, então não como; se não posso ler, então mentalmente escrevo. Porque uma prisão, carcereiro, nunca é total. O corpo, sim, está preso; o corpo, sim, sofre limitações – mas lentamente, por razões de sobrevivência, você começa a sair de dentro do corpo. Como estou saindo, agora, dez, quinze anos depois. Como incrivelmente ainda estou saindo de dentro do corpo, de dentro daquela prisão, imunda. A libertação é lenta, talvez dure uma vida inteira. Encontraste a tua na loucura – saíste de uma prisão para outra, sem grades, ingressando na subdesenvolvida loucura de rua. E eu? Me diga, carcereiro: e eu? Procuro, tenho avanços e recuos, vou em frente, me prendo em casa, grito pela liberdade bonita e abstrata e não a encontro; não a encontro real e substanciosa. Amo uma mulher, amo duas mulheres – mas às vezes ainda sinto os grilhões. Os grilhões; as grades. Mesmo louco, saiba, carcereiro: tua vida se fodeu no momento em que você começou a foder com a vida dos outros; no momento em que tentou – porque só conseguiu um pouco – foder com a minha. Precisava? Não, não me responda que eram ordens, que aquela, a carceragem, era a tua profissão. Você poderia ter sido gari da prefeitura, poderia mesmo ter sido abertamente bandido, operário, vagabundo. Mas não, era a repressão que te definia, foi a repressão que te definiu – te definiu e te destruiu, louco, louco de rua. Nenhuma ironia: o mundo que te criou sempre te fez louco, desde o início, pois só assim serias útil à razão dos outros, os que te (me) manobraram.)

*Volto da janela com os olhos cansados.*
*Manhã ainda.*
*Lá fora a paisagem me espera. Começo a vê-la.*

(Petrópolis, 1978)

## Drácula, o Rei dos Hunos

DEPOIS DO terceiro trago, ó meu, acho o ser humano fantástico. Até mesmo uma empregadinha de loja, até o baiano que serve atrás do balcão do botequim – tudo gente boa. Já imaginaram o que não deve existir por trás das fachadas? Quanta angústia, alegria, medo, sonhos, planos, bondade, maldade – tudo o que a gente tem direito e raramente a gente tem na vida. Tudo a que o ser humano está exposto, chuva e sol, que esse negócio de ser só mau é coisa de filme de bandido e de mocinho, aliás gosto muito.

Se Deus estivesse a fim de fazer o homem igual a Ele, seria tudo bom e divino. Seria tudo só Deus.

Seria tudo muito chato, ó meu.

O homem é Deus e o Diabo que mora dentro dele. Quer saber de uma coisa: sou homem, por incrível que pareça.

O resto é conversa, meu.

Tenho o demônio que mora dentro de mim. E deve morar muito confortável lá dentro, porque não é de hoje que ele me acompanha. O chato é que ele não pede licença e às vezes entra de supetão e toma conta de tudo. Aí então é ele quem faz e desfaz, arma e desarma, monta e desmonta.

Meu-deus-do-céu, não quero nem saber!

Mesmo quando não bebo. Aliás, quando não bebo é até pior: acho o ser humano um chato, um panaca, um lixo. É melhor que eu beba, assim a humanidade sai ganhando. Sei lá, é da natureza de cada um. Como naquela música que ouvi hoje: eu nasci assim, vou ser sempre assim, Gabriela...

Quem quiser que compre outro. Estamos conversados.

Me lembro: quando criança – o pai sempre de porre, chegando em casa e batendo na mãe, que lavava roupa pra fora ainda por cima –, eu achava que o diabinho do capeta do demônio já me visitava sem que eu percebesse. Eu tinha umas brincadeiras que vou te contar. Não sei como (porque a grana era sempre curta), apareceu um liquidificador lá em casa. Eu era pequinote assim, ó. Aí o que é que eu inventei, hem? Pegava uns pintinhos das redondezas e botava lá dentro. E ligava. Ligava a geringonça aquela e via eles lá se estrebuchando, virando melado, pasta de sangue.

Maldade, né, meu? Coitado dos bichinhos. Depois do terceiro trago, quando penso nisso, fico até com vontade de chorar. Imagina só, aqueles pintinhos tão bonitinhos... Mas um dia a mãe descobriu e me chamou de peste, me deu cascudo, porrada, me chamou de Satanás, vade retro. E fez o sinal-da-cruz.

Que Deus te perdoe!

Perdoou? Porra nenhuma!

Mas hoje tou crescido, não mato mais pintinho no liquidificador. Meu negócio agora é outro.

Hoje tou aqui nessa boca entornando umas e outras. Olhando a noite, sacando, percebendo ela, e me sentindo legal: as pessoas são legais, não são, meu? Depois do terceiro uísque – ou da terceira cana pura, tanto faz, depende da grana – as pessoas são outras. Mas convém não exagerar: se passar, sei lá, da décima dose, fica naquela de não entender mais nada, o caldo entorna, viro lobisomem, assombração, vampiro. Me conheço: cana demais muda minha cabeça, deixo de me entender. Por isso digo: é bom entornar algum, mas é bom ir com calma. Afinal, pressa é pra apressado que acaba sempre comendo cru.

As pessoas comem pedaços de pizza nas lanchonetes, conversam, bebem cerveja, chopes, comem pedaços de pizza nas lanchonetes, garfo e faca, ketchup. Alguns ainda de terno-e-gravata do trabalho, gravata frouxa, colarinho aberto, liberdade adquirida às 18h, comendo pizza nas lanchonetes.

São quase nove horas.

Estou caminhando.

Entrei nessa lanchonete da Rua Augusta por acaso e bebi um chope e comi pizza por acaso. Depois do terceiro copo, a humanidade até que é legal.

Comprei cigarros.

Desci a Augusta. Desci – tou sempre descendo – a Augusta. Estou indo para... pra onde mesmo?

Pra vida, sei lá.

Já tou meio variado. Meio grogue. E só peguei um fuminho antes, além de ter acabado com a garrafa de conhaque nacional lá de casa. Foram sete birita, sete birinaite, que é conta de mentiroso. Vai ver foram mais. E vai ter hoje um pozinho pra gente cheirar, uma grana pra entrar na contabilidade do bolso furado. Preciso pegar com o Turquinho da Boca do Lixo, que não é turco porra nenhuma, é boliviano. Depois passo as coisas, vapozeiro. Assim o pó sai de graça e ainda ganho. Não sou casca grossa nem psicopata, sou psi... psi... pissicológico. Sabe como é, pra se viver é preciso ter psi... pissicologia, já dizia um malandro amigo meu, malandro pissicológico, já viu, meu.

Mas vareia. As coisa sempre vareiam,

Eu disse as coisa, não disse as "coisas". No geral. Não é, meu?

Um cara ao lado – a cara escarrada de baiano, quer dizer, nordestino – pede uma cerveja e depois se vira pra mim:

– Já bebi uma em casa, mas em casa não tem graça. Gosto de beber é em botequim.

O empregado do bar sorri. Eu também, que não custa nada. O ser humano é incrível, não é? Esse povo se diverte com pouco. Qualquer coisinha já é uma festa. Futebol, carnaval, mulher bonita, cervejinha, os males do Brasil são.

Hoje eu tou pra qualquer uma. Muito a fim, ó meu. O carnaval tá chegando e eu já tou fazendo o meu. Tá tudo em cima. As coisas inclusive, daqui a pouco. Misturar é preciso. Ó quimera dos meus olhos, vê se acende a paixão. Tou até poeta. Deve ser a birita. A birita é poeta. Sou cavalo dela, apenas recebo o santo. Saravá, birita! Saravá, Ogum! Saravá, Exu Encruzilhada, Sete Estradas, Sete Estrelas, as sete maravilhas do mundo são fé, esperança e caridade.

Resolvo – porque minha barriga resolve por mim – comer mais um pedaço de pizza. E um milho, milho cozido. Sabe como é, eu bebo assim, tipo prateleira: birita, depois comida, depois birita, depois comida, depois etc. – uma em cima da outra. É o segredo; senão a gente embanana tudo. Ainda mais com as coisas em cima, se bem que uma carreirinha corta tudo, entro noutra.

Uma loira.

Passou uma loira por mim.

Mulherão.

Nem me olhou. Sacana, não sabe o que está perdendo. Pissicologia, malandro. Malandro pissicológico não entra assim sem mais nem menos, sem uma entrada. A não ser...

Eu tou muito a fim. De qualquer coisa. Se não for essa loira, vai ser outra, morena, ruiva, mulata. Só detesto travesti, minha bronca é com travesti. Tenho nojo. Sou do tempo que as mulheres eram mulheres e os viados eram viados. Se aparece um no meu pedaço, sou capaz de estraçalhar que nem aqueles pintinhos. Viro fera. Acho que a limpeza urbana precisa limpar a cidade desses travestis putos viados. Principalmente os que metem uma peruca loira em cima da cabeça. Eu não tenho nada contra eles, só quero que desapareçam do mapa.

Carnaval, futebol, travesti loiro, os males do Brasil são.

Desço a Augusta.

Estou sempre descendo.

Ó quimera dos meus olhos, puta que me pariu, os males do Brasil são. Sou Drácula, o Rei dos Hunos. Me amarro em filme de vampiro. Também em filme de sacanagem, aqueles que passam lá na São João, na Ipiranga, Boca do Lixo: *Ainda consolo esta viúva, O roubo das calcinhas furadas, Tara, A mulher que dava certo, O bordel das semivirgens, Isso aqui é uma zona, Ela gosta é de cacete,* não, *Ela gosta é de sorvete.*

Sorvete de morango.

*Sangue, sangue, eu quero é sangue.*

Já que não tem, paro em mais um boteco e peço uma cana, bebo de um gole, pago e saio. Saía pra onde? Pra Augusta, ainda, lá embaixo, perto da Praça Roosevelt: vou andando até a Praça da República, passo pela Avenida São João, Ipiranga, Boca do Luxo, Rua Aurora, Boca do Lixo.

Rua Aurora da minha vida, lá vou eu, te segura que eu sou Drácula, o Rei dos Hunos.

O Turquinho só poderia morar mesmo na Boca do Lixo. Na Boca do Luxo seria demais pra ele.

Mas não vou dizer onde, que não sou de entregar ninguém.

Subo dois andares nojentos de um edifício nojentamente caindo aos pedaços, vejo uma puta nojenta no primeiro andar nojento, sentada nas escadas nojentas, com a blusa nojenta aberta e os peitos nojentos do lado de fora, e ela me disse qualquer coisa nojenta, e eu passei a mão naqueles peitos nojentos e continuei subindo.

Ela ficou me xingando.

— Entra, entra — foi dizendo Turquinho com a porta meio aberta. Já dentro do apê, ele me olhava.

— O que queres, *coño*?

Fechava a porta.

— Os cinco mil que tu me deve e uns papelotes pra passar.

— *No, no, coño,* só na semana próxima...

Não terminou de falar.

Meu braço subiu e desceu firme como um martelo. Pegou no pescoço do Turquinho, que, sem equilíbrio, caiu.

Olhei pro lado e vi um abajur nojento que segurei e despachei em cima dos cornos dele.

Desta vez ele se desmilingüiu.

Tinha sangue saindo da cabeça dele.

Comecei a revirar as gavetas, procurar debaixo do colchão, deixei tudo de perna pro ar e finalmente encontrei dez papelotes de cocaína, todos bem enroladinhos.

Tava mais do que pago.

Encostei o ouvido na porta e vi que estava tudo em silêncio. Calmamente abri um papelote, fiz um canudinho com a última nota que me restava e aspirei fundo. Foi bom. Não fiz nem carreirinha: enfiei o "canudo" dentro mesmo do papelote aberto.

Ainda sobrou bastante, enrolei o bagulho e guardei ele junto com os outros. No meu bolso, claro.

Agora tava montado na nota. Podia começar a noite.

Guerra é guerra, meu.

Fui saindo devagar, pensando na puta nojenta que ia encontrar no primeiro andar.

(São Paulo, 1979 – Petrópolis, 1981)

## Último filme na tevê paulista

É. Pois é. Ou então não. Eu acho. Eu acho o seguinte. Estou aqui. Estás aí? Estou falando. Estou falando sozinho dentro deste apartamento sozinho. Portanto, o seguinte. Eu acho – e pra se achar precisa-se primeiro perder alguma coisa, depois procurar. Então vírgula é o seguinte dois pontos. Acho, desconfio que estou de porre. De porre, bebinho da silva. Vai ver que não. Vai ver que não faz sentido. Vai ver nada faz sentido. Vai ver tudo faz sentido. Acho que é o que eu acho. O seguinte dois pontos. Bebi cinco uísques e me esqueci de jantar. Sabe por quê? Porque me esqueci. Cinco uísques sozinho dentro desse apart-hotel sozinho. A tevê ligada. Aqui em São Paulo, Chicago do meu Brasil. Vai viver em Hollywood, Califórnia; é isso que eu quero que faça: vai viver em Hollywood, Califórnia. Se liga, tevê ligada. É o machão que está falando pra loira bonita. Tem sempre uma loira bonita, já notaram?, principalmente na televisão, minha companheira. Querida tevê, como vai você? Boa noite, sua sacana, filha da puta, como é que vai? Abre as pernas, televisãozinha, que lá vai chumbo, chumbo grosso. Lá vou eu. É foda, e phoda com ph de pharmácia. No sexto uísque acho que vou começar a compreender que o negócio é não compreender nada. Nadinha, porra nenhuma, viu. Eu sou um cara criativo e trabalho (portanto?) em publicidade. Coisa fina, gente fina, é ou não é? Desquitado. Eu sou um cara criativo e trabalho em publicidade e estou desquitado –

desquitado ou separado duas vezes. Duas vezes fodido e mal-pago, duas vezes sozinho e calado. Hoje, chegando no apart-hotel, recebi uma carta da Dinamarca. Me assustei, estava meio distraído: porra! da Dinamarca! Não conheço ninguém na Dinamarca; minha cuca fundiu por uns segundos. É que às vezes sou meio lento pra registrar e assimilar uma informação inesperada. Não conheço, juro que não conheço, juro que nunca conheci ninguém que tivesse morado ou que more ou que vá morar na Dinamarca. Talvez fosse carta de Hamlet, que lá ele foi príncipe. Abri; não era. Não era Hamlet, fiquei aliviado. Li. A carta era do Chicão, amigo de juventude que se perdeu pelo mundo. Bom. Gosto muito do Chico, Chicão. Ele é um personagem que anda se procurando – agora lá pelas dinamarcas da vida – e nunca se encontrou. Nem quer se encontrar, que a aventura dele está só na procura. Chico-Chicão é o Hamlet da marginalidade. Antes de embarcar para a Europa, já faz um ano, ele me disse: pois é, cara, eu tenho pensado muito sobre a vida; e quer saber de uma coisa? Não tenho chegado a conclusão nenhuma. E quá-quá-quá, soltou uma risada daquelas que só ele sabia dar: meio-sorriso com os olhos, meio olhar por cima das coisas. Agora – atenção – está na hora do comercial. Compre isso e compre aquilo, não interessa se você não está precisando, faça como seu mestre mandar. Manjo, manjo muitíssimo bem: sou publicitário. Já disse antes? Não faz mal, deve ser expiação, complexo de culpa. O filho-da-mãe do Godard disse que la publicité c'est le fascisme. Sacanagem, Godard, como é que você me dá uma dessas, como é que a gente vai viver, hem? E não é que o filho-da-mãe (filho da mãe se escreve com traço de união?) tem um pouco de razão? Ou muita. Muito bem, senhora consciência, e eu tinha escolha, diga lá, hem? Precisava viver. Os viados pagam bem. Não foi por outra razão que vim para São Paulo, larguei o Rio, a praia. Me compraram. Ou melhor: estão me alugando. De qualquer forma a gente precisa viver, é ou não é? Ainda mais eu, que fui criança pobre. Meus pais são, ou melhor, eram operários – sem demagogia: operários. Comecei minha vida como contínuo. É, contínuo, e continuei e evoluí: sempre gostei de ler. Isso depende de quanto você precisar, disse ele. De muito dinheiro, disse ela. Não sei se é um seriado ou um filme antigo. E importa? Quanto mais não seja, me sirvo de mais um uísque. Escocês, pelo menos pra isso ser publicitário serve. É sempre melhor um uísque escocês do que uma cachaça brasileira, nacionalismo à parte. Convenhamos. Se bem que há hora pra tudo e às vezes uma boa cachacinha cai bem. O que vier eu traço. Eu quero saber para onde está indo meu dinheiro, diz ele. Não sei se poderei responder, diz ela. A televisão também está sozinha? Eu bebo. Vai acontecendo um filme na tevê, vai acontecendo a realidade lá fora – e eu bebo. Senhorita, sabe que deu festas muito caras, fala o advogado de acusação, de onde vem este dinheiro? Rapazes, diz ela. Senhorita, como se sustenta, insiste ele. Já lhe disse que conheço muitos rapazes, diz ela. O filme está no meio e eu estou por fora. Da televisão, do mundo? Bebo meu uísque. Amanhã tem mais. Sabe de uma coisa, venho pensando muito em relação à vida e não tenho chegado a conclusão nenhuma. Necas de pitibiribas. Pensar, pra quê? Sonhar, como haveria de? Minha consciência é fragmentária: eu sou esse monte de fragmentos. Minha estética/ética é a da janela, da janela do carro passando, dos layouts, dos outdoors. O resto é literatura. Se eu não morrer de enfarte, vou sobreviver a tudo isso. O que viver será lucro. Sou, serei um sobrevivente, sobre/vivente de mim mesmo, da vida. Eta São Paulo! Como te compreender, ó cidade que me surpreende!? Difícil sacar esta pauliceia. Já estou aqui há seis meses, fugindo pro Rio nos fins de semana. No começo, uma recusa, um afrontamento, uma rejeição aparentemente mútua. Pouco a pouco... sei lá. É uma barra, uma loucura. São Paulo só pode ser escrita no plural: várias. São Paulo é um apartamento. De quarto e sala. São Paulo é uma mansão. No Morumbi. São Paulo é um gigantesco restaurante (Adoniran Barbosa falou) – São Paulo é a maior cidade nordestina do país. E uma megalópole; uma cidade pequena, provinciana. São Paulo é uma Nova York só de porto-riquenhos, disse um jornalista amigo meu. São Paulo, pra mim, era, é, foi uma mulher. Uma mulher loira como esta da tevê. Loira, incrível, única, universal. Do tamanho de uma cidade. São Paulo é também uma mulher: rica, pura, puta, pobre, São Paulo são travestis escandalosos. Mário de Andrade e duplas caipiras. São Paulo sou eu que, carioca, não sou mais, A Rua 42 de Nova York fica ali no Centro, perto do sinuoso edifício Copan. Um uísque falsificado e um samba-canção adocicado. Bolero e cuba-libre. Muitos cigarros fumados e novamente o – faça o que seu mestre mandar – comercial. Esta solidão aqui tem quase dez milhões de habitantes. Eu já amei em São Paulo. Atualmente bebo uísque e trepo em São Paulo. Com açúcar e sem afeto, São Paulo, meu desafeto, te procuro na noite bêbada da Rua Augusta. Sou um publicitário, escritor frustrado, como sói acontecer. O pé-de-ganso só lhe dá descanso. Eu faço frases. Eu faço frases para viver como os travestis inventam realidades femininas e coloridas para eles mesmos, masculinos e incolores, e para seus fregueses. Mário de Andrade, eu queria bater um papo com você em volta de um chopinho ali no Bar e Restaurante Brahma, na esquina da Avenida São João. Queria que você me explicasse essa desvairada paulicéia, onde o amor parece ser irreversivelmente um verbo intransitivo. Eu sou um forasteiro; tou chegando. Como Macu, Macunaíma. Sou filho do mundo, da vida. Um homem que se aproxima dos quarenta anos, sozinho em São Paulo e que procura se encontrar, encontrar São Paulo, a cidade, qualquer cidade dentro dessa cidade, porra. Eis que surge um momento dramático agora. A mulher chora, depois de ser agredida pelo machão. É esta a história do amor? Homem agredindo mulher? Esse clichê é verdade? Será que, subdesenvolvidos, estamos condenados a isso, a que a banalidade do *kitsch* faça mais sentido do que um tratado filosófico? Não sei se o homem é um animal racional, não sei. Tenho cá as minhas dúvidas. Mas eu sou. Infelizmente. Já vou para meu sétimo ou oitavo uísque e nada mais racional do que isso: ainda consigo alinhar frases e mais frases. Eu amo. Eu amo, diz o personagem da tevê. Eu pensei que você não me quisesse mais, diz ela. Você está louca, diz ele, quem mais agüentaria um sujeito com um gênio como o meu? Tevê, ainda mato essa mulher. Amar foi minha ruína. Merda. O crepúsculo dos deuses, do pequeno deus, do pequeno príncipe. Há uma puta na Rua Augusta que tem uns seios deslumbrantes. Ela fica parada com uma blusa transparente – seu melhor marketing. Você é meu único homem, diz ela. Mais um uísque, digo eu, e esse filme não acaba, São Paulo, São Paulo não acaba, com açúcar, com afeto, fiz meu conto predileto, pra você gostar de mim, onde está meu casaco, eu quero meu casaco, vou sair, está chovendo, vou ficar, meu fígado não anda bem, vou beber mais um uísque e escreverei mais uma frase e escreverei mais um uísque pra você gostar de mim e depois, coração, como eu te dizia antes a televisão

(São Paulo, 1979)

# Os armênios estão morrendo ou
## Notas para um conto a ser escrito talvez pelo leitor

*Para Lorival Campos Novo*

PORQUE SE falava numa matéria enviada pelo correspondente no Líbano, sobre os armênios – "um belo texto", disse Cecília Thompson, a redatora da mesa em frente –, o jornalista-escritor se lembrou, primeiro, de William Saroyan, depois particularmente de um conto de William Saroyan chamado "Snake", e começou mentalmente a escrever alguma coisa, talvez como fuga de um dia puxado de trabalho – ou que mistério é esse de conto nascer assim, da vaga lembrança de um outro conto, lido há tantos e tantos anos?

\*\*\*

Começava assim o conto que ele estava escrevendo:
"Ela chegou dizendo que havia matado uma cobra."
Parou. Lembrou-se de uma música de Nelson Cavaquinho e Zé Kéti.[1]

---

[1] Os versos que estavam na cabeça do personagem-narrador e que por esses mistérios foram captados pelo autor, que, por sua vez, não se confunde necessariamente com o jornalista-escritor (observação para colocar um problema para os críticos?), são os seguintes: "A cobra não morde uma mulher gestante / porque respeita o seu estado interessante." Letra instintivamente freudiana e que talvez por isso mesmo nunca fora gravada, embora o próprio Nelson não entendesse por quê.

\*\*\*

Começava assim o conto de William Saroyan:[2]

"Ao atravessar o parque, em maio, ele viu uma serpentezinha castanha que lhe fugia, deslizando sobre a relva e as folhas; e foi atrás dela com uma varinha comprida – sentindo, enquanto o fazia, o instintivo medo do homem pelos répteis."[3]

\*\*\*

Sentiu que o conto não seria escrito. Mas pensou: por que não escrever as anotações de um conto que não seria/será escrito?[4] Pensou em pegar na bolsa uma cadernetinha e copiar as anotações de uma conversa que tivera no começo do ano com um jovem

---

[2] Evidentemente o autor-narrador só conseguiria saber do começo do conto de Saroyan quando chegasse em casa e folheasse o livro; esse parágrafo só entrou, portanto, depois da segunda versão do conto do escritor-jornalista, e que está/estava sendo escrito.

[3] "Serpente", in *Antologia do Conto Moderno/William Saroyan*. Seleção, tradução e notas de José Borrega e Victor Palia, Atlântida Livraria Editora Ltda, Coimbra, 1947, página 95. O jornalista-escritor ficou curioso: por que o tradutor português resolveu promover uma simples cobra a serpente? No original: "*Walking through the park in May, he saw a small brown snake slipping away from him through grass and leaves, and he went after it with a long twig, feeling as he did so instinctive fear of man for reptile.*" "Snake", in *The Daring Young Man on the Flying Trapeze and other stories*, by William Saroyan, Faber and Faber, Londres, 1935, quando o autor tinha 26 anos.

[4] Esse processo mnemônico – não é assim que se diz? – lhe tirava a espontaneidade, aguçava seu senso crítico, se sabotando, sabotando o próprio conto que, embora não chegasse a ser escrito, precisaria de alguma forma existir: e lembrou-se de *Pile Fire*, de Nabokov, o livro mais difícil do autor de *Lolita*: um poema com notas de pé de página que (con)formavam, no fim, um romance. Seria assim?

cobrador de ônibus[5] em um hospital de Petrópolis, estado do Rio, onde aguardava (ele) alta e esperava (ele, o jornalista-escritor) a morte lenta e sofrida do pai. A conversa era sobre caça,[6] e o garoto – pois era um garoto, e sem os dentes da frente – mostrava-se extremamente espontâneo e falante.

Pois é, sentira que o conto perdia força. Teriam sido inúteis as anotações naquele dia chuvoso, no hospital petropolitano, quando sofria a morte do pai. Sentia agora nitidamente que o personagem do conto havia fugido, se escapara para baixo, para o tipo miúdo das notas de pé de página, como – numa metáfora involuntária – seria toda a sua vida de cobrador de ônibus desdentado e pobre: embaixo, embaixo do grande texto social.

\*\*\*

A redatora da mesa ao lado – o jornalista-escritor já adiantara seu trabalho e por isso ficava assim, divagando – fez uma obser-

---

[5] Primeiro ele falou de mulheres: "Eu tava vindo pra casa e vi uma moreninha minha vizinha tirando um sarro com um cara. Sabia que ela estava noiva mas aquele cara não era o noivo dela. Outro dia, encontrei ela sozinha e disse assim pra ela: 'Olha, se você não der pra mim, conto tudo pro teu noivo.' Ela conversou, desconversou, conversou e acabou dando pra mim." E riu, concluindo: "Deus pode ter inventado alguma coisa melhor do que mulher, mas se inventou, ficou só pra ele, não tem aqui na Terra, não."

[6] Nem toda a conversa fora sobre caça, como se viu na nota anterior. Mas durante muito tempo o cobrador descreveu as caçadas que realizava na floresta que havia perto da Rio–Petrópolis – o que surpreendia bastante o personagem-autor, não só por nada entender do assunto, como também por não imaginar que ainda existisse esse tipo de atividade, e um meio propício a isso, a floresta, bem ali perto, a um passo da cidade.

vação do tipo "os armênios estão morrendo" ou "os armênios ainda estão morrendo" ou "somos todos armênios" e em seguida perguntou onde fica ou como é que se escrevia Aden. O jornalista-escritor falou *"Aden Arabie"*. Ela, que parecia culta (ah, vós, os cultos, salvai-os da complexidade, ó Senhor!), conhecia o livro, pois acrescentou: "de Paul Nizan; é lindíssimo, ganhei de presente de um amigo italiano". E eu gostaria de saber por que as mulheres inteligentes e paulistas têm sempre um amigo italiano ou francês ou suíço, ou sei lá o quê, pensou o jornalista-escritor. É verdade, Cecília, o livro é belo, tem um prefácio interessantíssimo de Jean-Paul Sartre – e imediatamente ocorre ao escritor-jornalista parar de citar autores senão o conto ou não-conto ou conto-apenas-nas-notas-de-pé-de-página poderia virar um conto de intelectual, idéia que o chateava, irritava um pouco o malandro que existe dentro de cada um[7] e deixaria o jovem cobrador de ônibus do hospital, por exemplo, sem entender nada.

* * *

Voltava à cobra:[8] símbolo fálico barato? Lembrou-se – eis um texto de livre associação de memória, senhores e senhoras; basta

---

[7] "Malandro que existe dentro de cada um" – possivelmente, dentro do personagem jornalista-escritor.

[8] Naquele dia, no hospital petropolitano, o cobrador contava: "Tu já viu cobra tomar banho? Ela escolhe uma folha limpa e põe o seu veneno na folha. Depois dá uma volta grande pra ver se não tem nenhum outro bicho por perto. Então se joga n'água. Depois, sai e põe o veneno de novo. Se ela entrar n'água com o veneno, morre; ou pelo menos perde ele. Uma vez eu fiquei ali curingando; aí quando ela caiu dentro d'água eu fui lá e peguei ela. Não tinha perigo, ela podia me morder à vontade. Segurei a bicha pelo pescoço e ela se enroscou toda no meu braço."

notar quantas vezes o verbo lembrar está nele escrito – da psicanálise que estava fazendo, do processo atual, morno e meio dilacerado[9] ao mesmo tempo, dos encontros com sucessivas mulheres, belas e inteligentes, mas todas distantes embora próximas.[10]

\* \* \*

O escritor-jornalista brinca um pouco com a idéia de transformar Cecília Thompson em uma personagem chamada Cecília T. Nada original, mas foi ela quem disse a frase que detonou esse conto que não detona mais a não ser – ó metaliteratura! – com a participação do leitor. Mas não foi porque ela dissesse algumas palavras que comporiam então uma palavra mágica como o escritor anda procurando desde criança, aquela palavra mágica – ou *le mot juste?* – que todo escritor só encontra quando na realidade não encontra, ele só se desencontrando, várias pedras no meio do caminho, *nel mezzo del camino, caminito*, de minha vida. E então, depois eu conto.[11]

(São Paulo, 1979)

---

[9] Nunca mais conseguiu escrever esta palavra sem se lembrar de Chico Buarque cantando: "Meu peito / tão / di-la-ce-ra-do."
[10] Houve projeção? Distante não seria ele?
[11] O conto de Saroyan termina assim: "Ela começou a tocar suavemente, sentindo os olhos dele no seu cabelo, nas mãos, no pescoço, nas costas, nos braços, sentindo que ele a estudava como tinha estudado a serpente." No original: "*She began to play softly, feeling his eyes on her hair, on her hands, her neck, her arms, feeling him studying her as he had studied the snake.*" Cobra, *snake*, serpente: no fim era tudo uma história de amor. Curiosos, esses armênios.

# Um dia de glória na vida de Carlos Alberto, o popular Nenê

*Para Antônio Hohlfeldt*

— A BOLA vinha rolando pelo tapete verde, veio rolando, de bandeja pro Zé Otário, que deu um toque de leve e aí sobrou pra mim: dei uma meia-lua no back deles, corri com a bola nos pés e, de repente, só eu e o goleiro pela frente: aí chutei firme...

Nenê estava eufórico. Contava a jogada pela décima vez — agora com uma novidade: imitava a voz de um locutor da Rádio Farroupilha. O velho Max — Maximiliano, tão velho que diziam ser herói da Guerra do Paraguai — escutava, encantado, que era raro alguém conversar como ele. Em frente à lavanderia da Mostardeiro — uma garagem improvisada, que pertencia à sua filha —, o velho passava os dias numa cadeira de palha ao lado de uma árvore, sem fazer nada, olhando o tempo passar.

— Pergunta se o goleiro se mexeu... — continuou Nenê. — Foi só chutar e... gooool!

— Gaúcho bom tá aí — dizia o velho, sorriso só gengiva, dando um tapa característico na coxa.

Nenê tinha razão para estar alegre. Fora o herói da partida. Contentes todos nós estávamos, mas eufórico, só ele.

A turma da Praça Júlio nos desafiara e nós treinamos durante uma semana e fomos lá pra cima, naquele campinho que ficava no morro atrás do antigo campo do Grêmio; fomos lá enfrentar as feras.

Uma semana antes, depois das aulas, Nenê, Bagulho e eu saímos Rua Mostardeiro abaixo, depois Independência, até o Centro, com um Livro de Ouro, recolhendo assinaturas e contribuições de porta em porta, pra gente comprar camisetas e chuteiras. Tarde inteira de caminhada, mas chegamos à conclusão de que com o dinheiro coletado não ia dar pra comprar camisetas, chuteiras, meias — mal dava pra comprar bola nova. E com o troco compramos cigarros e bebemos uma cervejinha, que ninguém é de ferro.

Finalmente chegou o Grande Dia.

Já de manhã o pessoal estava num nervosismo de fazer dó. Parecia Gre-Nal. Bobagem. Mas havia uma bronca entre a turma da Mostardeiro e a cambada meio metida a besta lá da Praça Júlio de Castilhos. Ganhar era uma questão de honra; perder, uma humilhação. Mas também — lembrou Nenê a tempo — entrar em campo com esse nervosismo todo era dar munição pra eles. Vai ser uma barbada, dizia ele. Nenê estava querendo dar ânimo pra turma.

Não ia ser barbada coisa nenhuma.

O pessoal respeitava o Nenê porque ele jogava bem, além de ser o irmão mais moço do Zé Carlos, que já estava treinando no juvenil do Internacional. Um craque: futebol era talento de família. Na hora de driblar, ninguém melhor do que Nenê. O único problema era que, confiando demais no seu talento, às vezes ele não passava a bola pros companheiros, acabava perdendo pros adversários, fominha.

O time da Mostardeiro, mais ou menos afiado. Quer dizer, a gente treinou pouco e só tinha uns três ou quatro que jogavam bem: modéstia à parte, eu era um deles, além do Nenê e do Felpa. Felpa, no meio de campo, corria muito e jogava duro; sem muita técnica, como todo mundo, pra falar a verdade. Nosso futebol era de meio-de-rua, de campinho, de bola-de-meia, pelada mesmo. Havia ainda o Zé Otário, que a gente chamava assim só pra chatear, porque ele era José Octávio de nome. Zé Otário dependia de fases: às vezes jogava um bolão, outras era uma ferida que não tinha mais tamanho. Com um jogador assim não dava pra contar muito. O resto do time era o seguinte: Barulho (mais ou menos), Salsicha (idem), Tuna (perna-de-pau), Sapinho (pequeno e atarracado mas ágil), Cacal (chutava bem), Abade (gordo, corria mal) e Alemão (bom nas bolas divididas).

Sábado à tarde, três horas, fomos chegando conforme o combinado.

O time adversário já em campo. Alguém se encarregou de sortear os lados. A turma se preparava. O time da Júlio tinha até torcida, uns dez caras. Vantagem pra eles, pensei. Mas não falei.

Tirei as calças, fiquei só de calção, entrei em campo. Pulei, me agachei, elevava, esquentava os músculos das pernas.

Ficamos com o lado de cá do campo – menos mal porque o outro tinha um declive feio.

Preparativos finais. O juiz apitou. Alemão deu a partida. Passou a bola pro Abade, que se atrapalhou um pouco mas conseguiu passar pro Tuna, que chutou pra frente. Sapinho correu, já estava lá na frente; foram dois em cima dele, mas aí o Sapinho deu uma de Garrincha, não, deu uma de Chinezinho: driblou os dois praticamente na quina do campo. Boa jogada, mas era demais: na hora de chutar lá pra perto do gol onde a rapaziada estava na espera, deu um chute torto e a bola saiu pra fora.

Tiro de meta pra eles.

Com poucos minutos de jogo já dera pra ver que não ia ser barbada, não ia ser brincadeira. A facilidade do início era puro engano.

Logo em seguida os caras engrossaram.

O primeiro a sofrer foi o Bagulho: o meia-direita deles entrou firme na canela do pobre do Bagulho, que acabou mancando o resto do jogo. Pouco depois entrei numa bola dividida – bola alta, pra resolver de cabeça – e acabei dando uma cabeçada no outro cara e ele em mim. Caiu um pra cada lado. Cheguei a ficar tonto. Mas era isso mesmo. A partida não podia parar.

Ainda meio zonzo, vi lá longe um atacante deles entrando firme na nossa defesa: driblou um, driblou dois, driblou três e chutou.

Gol!

Gol deles, puta-que-o-pariu. E agora? Não havia de ser nada.

A bola voltou ao centro do campo. Alemão deu o toque. Ela sobrou pra Nenê. Nenê correu, passou por um, passou por dois, tentaram bloquear ele, que continuava driblando, e chutou, chutou forte. A bola bateu na perna de alguém e Cacal, que vinha a toda, só fez encaixar o pé: a bola bateu na trave e voltou pro Nenê, que tocou nela com a ponta da chuteira: o goleiro, que a esta altura estava no outro lado, ainda tentou segurar, se jogando.

Nada feito: gooool!

Corremos, cercamos Nenê, abraçamos, levantamos ele.

Um a um.

A partida começava a esquentar.

Isso tudo foi no primeiro tempo, pra ver a dureza, muita botinada mas gol mesmo que era bom, só dois, um pra cada lado.

No intervalo, descansamos, bebemos água – não muito pra não pesar no estômago, atrapalhar a corrida – e discutimos a melhor estratégia pro segundo tempo. Nenê dizia pra soltarem mais a bola; Cacal achava melhor chutar pra frente; Felpa estava a fim de engrossar; Bagulho, reclamando da perna, pedia pra sair; Salsicha queria mudar de posição – ninguém se entendia. Foi então que o Nenê falou:

– Olha, pessoal, isso aqui não é Gre-Nal nem nada. Ninguém precisa esquentar a cabeça. É só jogar o que a gente sabe e a partida está no papo.

Será? Estava?

O segundo tempo foi uma barra. Houve uma hora em que ninguém sabia mais se aquilo era jogo de futebol ou vale-tudo, luta-livre.

Começou assim: deram uma porrada no Felpa, que, mancando, saiu atrás do cara e se atracou com ele. Juntou povo. Fui até lá tentar separar mas acabei levando um tapa sem ver de onde vinha. Só sei que, sem pensar, larguei a mão pro meu lado direito. Quase acerto no Alemão, mas acertei mesmo no Bagual, ponta do time da Júlio, um cavalo mesmo. Aí o pau foi geral, a partida parou. Socos, pontapés, tapas, palavrões – sobrou pra todo mundo: uns bateram mais, outros apanharam mais.

Depois de muito custo, o pessoal aceitou a idéia de que a partida precisava continuar, que não interessava pra ninguém parar assim no meio do jogo, ainda mais sendo empate. Entre mortos e feridos, sobraram dez no nosso time: Bagulho, já com problema na perna, levou um senhor soco e saiu de campo.

Recomeçamos.

Bola pra cá, bola pra lá, foi aí, nos últimos dez minutos, que Nenê, numa jogada – como se diz? – antológica, avançou sozinho quase o meio-campo todo e chutou de fora da área – chutou firme, com vontade e com raiva: foi a vitória do time da Mostardeiro.

Dois a um.

Partida terminada, o pessoal da Júlio veio pedir negra, pra semana que vem. Fui contra: jogando no final com dez jogadores, mesmo assim vencemos. Não havia dúvida. Mas pensava: se houvesse negra, aí sim é que a briga ia ser total. Melhor deixar assim mesmo.

Nenê, eufórico, foi o herói daquele sábado.

Já era domingo e ele continuava satisfeito da vida, contando agora vantagem para o Voluntário da Pátria, o velho Max, que nem entender de futebol entendia. Mas Nenê merecia: todo mundo tem seu dia de glória.

(Petrópolis, 1978)

## Os amigos de James Dean

*Para Túlio Pandalfi e a turma*

NAQUELE TEMPO a gente roubava carro. Só para se divertir, tirar um sarro, dar umas voltas – depois largava ele em qualquer canto. Forçava-se a janelinha lateral e quando ela cedia – e quase sempre cedia – metia-se o braço por ali e abria-se a porta; lá dentro, um de nós abria a porta do outro lado. Sentados, geralmente o Bagulho é quem puxava os fios e fazia a ligação direta.

A partir daí – vruuuuuum! – o carro arrancava.

Começava a sensação de aventura com o carro em movimento: a gente desaparecia, fazia um giro pela cidade, sem destino; para não dar muito na vista – todos menores, ninguém tinha carteira –, íamos em direção a certas ruas afastadas, como lá pros altos da Carlos Gomes. De vez em quando, pegava-se uma puta ali na caixa d'água dos Moinhos de Vento – aliás, uma puta, que era sempre a mesma, a Vera. Aí ela entrava, a gente dava uma volta grande, parava num descampado, escurinho, e cada um se servia. Depois a gente deixava ela de volta nos Moinhos de Vento.

Bagulho dirigia. Carulho ia ao lado. Lá atrás, eu e Nenê. Quando Vera entrava – a Vera boa-praça, que "adorava" rapazinho –, geralmente se sentava entre nós dois e já no caminho a gente ia tirando casquinha dela.

Bagulho, Carulho e eu conhecemos Paulistinha e Ana Lúcia na piscina do Clube Náutico União. Bagulho e Carulho alimentaram o papo, olhos se espichando para a Ana Lúcia. Por isso – ela raramente ia àquele clube; com quinze anos já era "figurinha" da coluna social de Porto Alegre – eles faziam questão de conversar com a amiguinha dela, a Paulistinha.

Marcaram um cinema, domingo à tarde, nós três e elas duas. Bagulho e Carulho, entusiasmados com a Ana Lúcia: "um avião". E era. Mas eu nem ligava, achava que namoradinha àquela altura só ia complicar.

Pois fomos ao cinema, assistir *Juventude transviada* – como era que se chamava em inglês? *Rebel wi... without a cause.* Bagulho pela segunda vez; Carulho e as meninas não tinham visto; eu havia assistido três vezes: o filme era demais, a gente se amarrou naquele ator novo, James Dean, e no outro, da nossa idade, Sal Mineo.

Na verdade começamos a roubar carro depois de ter visto este filme. Primeiro, foi a camioneta do meu cunhado – tudo em família. Depois, os carros que ficavam dormindo nas ruas. Meu pai voltara dos Estados Unidos e me trouxera um blusão de náilon, igualzinho ao do James Dean. Nenê um dia apareceu com um canivete, daqueles de saltar a lâmina – um canivete sevilhano, se não me engano. Mas a gente era de boa paz. O pessoal nos conhecia como a turma da Mostardeiro. A gente fazia ponto numa esquina da rua, em frente ao meu edifício. Bagulho e Carulho, irmãos, moravam perto, na Rua Dona Laura.

Saímos do cinema às quatro horas.

Paulistinha não tinha gostado muito, parece; Ana Lúcia não chegou a dar opinião, mas ficou "encantada" com o Sal Mineo e "com muita peninha dele". Na saída, Paulistinha falou numa tarde-dançante num clube perto da casa de Ana Lúcia, se a gente não queria ir. Que pergunta. Do cinema até lá, umas sete quadras: caminhamos. E na caminhada calhou de eu vir ao lado da Ana Lúcia; Bagulho e Carulho e Paulistinha vinham atrás. Meio silencioso – mais por timidez do que por vontade – eu conversava com Ana Lúcia, por iniciativa dela, que puxava assunto, sempre dócil, os olhos me olhando, os lábios me sorrindo.

Era um avião mesmo, pensei – e meiga.

Na tal tarde-dançante – pouca gente –, pegamos uma mesa e as meninas pediram coca-cola e nós cuba-libre. Era preciso preparo, dançar sem cuba-libre quem haveria-de? Bebemos, conversamos. Paulistinha falou que James Dean era muito bonito, e Carulho resolveu tirar Ana Lúcia para dançar. Tocava um disco de Nat King Cole, que cantava em espanhol. Fiquei meio na bronca, Ana Lúcia conseguira vencer minha timidez, minha "indiferença". Mas foi só uma música e eles voltaram – e ela se sentou ao meu lado e me perguntou sorrindo: tu não danças, é? Que remédio: ainda mais que era aquilo mesmo que eu queria: me levantei. Nat King Cole cantava outra vez, "Quizás, quizás, quizás". O corpo contra o corpo, o corpo com o corpo. A música termina e ela não dá mostras de querer voltar pra mesa; conversamos enquanto não colocam – por que não colocam logo? – outro disco. Me socorre uma balada de Pat Boone e dançamos novamente. Carulho, pra não se dar por vencido, tirou a Paulistinha, e Bagulho, bebericando sua cuba-libre, me piscou o olho.

Levamos as meninas em casa.

Voltamos os três para a Mostardeiro, Bagulho e Carulho me gozando pelo caminho, que eu estava gamado pela Ana Lúcia, que a Ana Lúcia estava enrabichada em mim. Essas coisas. Eu perguntava se não era ciúme deles. Perguntava mas eles não respondiam. No fundo eu gostava da situação nova, da sensação quente e boa que começava a sentir por dentro: uma coisa que vinha dela, Ana Lúcia.

Podiam gozar à vontade.

A turma da Júlio de Castilhos fundou um clube, numa garagem. Fins de semana, havia *hi-fi*, dança. Sexta-feira à noite resolvemos ir até lá pra conferir.

A turma da Júlio tinha uma bronca com a turma da Mostardeiro. Já dera até briga entre a gente. Era uma bronca meio gratuita, por causa de uns anos atrás quando a gente disputava partida de futebol, antes que começasse a fase de festinhas e namoradinhas. Pois fomos – e não nos receberam com foguetes mas também não fizeram cara feia, pelo menos no início. Explicaram: naquela noite a gente entrava, na outra semana teríamos que pagar taxa e mensalidade. Era um clube mesmo que eles queriam formar.

Acontece que antes de chegar, Bagulho, Nenê e eu bebemos uma garrafa de cachaça inteirinha. Pura. Quer dizer: chegamos a mil por hora. E ficamos olhando as menininhas, depois de pedir cuba-libre. Eu, por precaução e para evitar vexame, me encostava numa parede. Depois de um tempo, não entendi mais nada: só vi que havia gente lá fora e uma confusão danada e que Nenê se atracava com um cara e que Bagulho e eu tentávamos apartar e acalmar os ânimos. E tudo terminou bem, quer dizer, fomos embora, curtir nosso porre em outra freguesia, sem ter dançado nem nos divertido. Não deu pra segurar: a cachaça com a cuba-libre subiu além das contas. Nenê tentava entender a briga da qual fora o principal protagonista, se lembrava que estava parado e um cara pisou no pé dele e fez cara feia – ou o Nenê achou que ele tivesse feito cara feia – e aí mandou ver, soltou a mão.

Só depois é que vim a saber que o sujeito com quem Nenê tinha brigado era o Ronaldo, que o pessoal chamava de Sal Mineo. Ele estava dando em cima da Ana Lúcia, a essa altura minha namoradinha. Tinham me contado. Ana Lúcia não confirmou nem desmentiu e andava meio estranha comigo desde domingo passado, quando passei a tarde na casa dela ouvindo disco, um cantor novo, João Gilberto, *O amor, o sorriso e a flor*. Tentara então ficar de mãos dadas, mas ela desconversou, disse que o pai podia aparecer. Fiquei meio na bronca, mas podia ser que o coroa estivesse mesmo controlando a filhinha querida.

Ronaldo era o tal das gurias e quando soube que era ele o cara com quem Nenê brigara, me arrependi de ter entrado na turma do deixa-disso: quis voltar lá pra dar umas porradas nele. Ainda bem que não me deixaram. Meu porre era homérico e ia ser uma parada indigesta.

No outro dia liguei para Ana Lúcia. A empregada disse que ela não estava.

No mesmo dia Carulho chegou pra mim e falou que viu a Ana Lúcia no carro do Sal Mineo. Só pra sacanear. Pois conseguiu: fiquei sacaneado, puto-dentro-das-calças.

Aí na quarta-feira alguém da turma contou: o Ronaldo (– Que Ronaldo? – O Sal Mineo!) roubou o carro do pai e se estrepou – o carro, não ele: bateu numa árvore, ficou uma lata-velha. A turma da Praça Júlio também estava naquela de James Dean, de ouvir Paul Anka e Elvis Presley, de roubar carro e sair por aí. Tavam era imitando a gente. E a Ana Lúcia ia entrando naquela de boba.

O pessoal chamava o Ronaldo de Sal Mineo porque ele era a cara do Sal Mineo, se vestia como o Sal Mineo, tinha um topete bem arrumadinho como o Sal Mineo e só não falava como o Sal Mineo porque não falava, muito menos inglês: só sabia era grunhir em português.

Remoí a cabeça, dei voltas à bola, fiz funcionar o aparelho pensador. Até que, milagre, surgiu uma idéia. Conversei com o pessoal – que se entusiasmou. Depois mandei um recado pra ele, por escrito:

"Sal Mineo de merda,

Te desafio para uma corrida de carro roubado lá na Carlos Gomes. É só ligar o motor e ver quem chega primeiro, quem consegue parar o auto mais perto de um barranco que tem lá. Quem conseguir chegar mais perto do abismo, fica com a Ana Lúcia.

(Assinado:) James Dean da Mostardeiro."
No mesmo dia, Felpa – que levara o bilhete – voltou com a resposta:
"James Dean de bosta:
Topo. É só marcar o dia. Sábado que vem serve?
R."

Bagulho e Carulho Brothers ficaram de embaixadores, tratando dos preparativos. Sábado estava OK, sábado à noite, baby.

Nove horas, na Dr. Timóteo, roubamos um carro. Desta vez, ia eu na direção, Bagulho ao lado e Carulho, Nenê e Felpa atrás.
Chegamos no alto da Carlos Gomes.
Sal Mineo esperava no ponto marcado, cercado pela turma da Júlio de Castilhos. Bagulho desceu e foi lá parlamentar. Voltou: tudo de acordo com o combinado. Saíssem todos do carro, só ficava Sal Mineo no dele e eu no meu. O resto se malocava e ficava apreciando. Carulho antes de descer ponderou pra mim: cuidado, alguém pode sair machucado desta brincadeira. Dei de ombros: se machucar, machucou. Mas aí ele disse: e se alguém morrer? Senti um frio na barriga. Agüentei firme.
A idéia era vir a toda pela Carlos Gomes e, a certa altura, dobrar à esquerda: era o barranco, e, se o carro caísse lá embaixo, babau, tudo podia acontecer. Era questão de frear um pouquinho antes da queda. O resto do pessoal ficava ali por perto, olhando, assistindo. Não, não ia morrer ninguém, *Juventude transviada* era apenas um filme.
Sal Mineo e eu perfilamos os carros na Carlos Gomes. Ele me olhou e eu olhei pra ele. Saiu chispa. Depois olhamos em frente. Bagulho e Bagual, que era da turma da Júlio, deram o sinal ao mesmo tempo. Ligamos o motor e, já em primeira, arrancamos.

Botei logo uma segunda e fiquei de olho. O negócio era chegar primeiro perto do barranco, pois, se os dois chegassem ao mesmo tempo, corria-se o risco, além do abismo propriamente, de bater um no outro. Eu ainda vinha pela direita dele, o que tornava a manobra mais difícil. Burrice. Não tinha pensado: podia-se ter sorteado os lados de cada carro. Era tarde: eu vinha a mais de cem mas logo reduzi para oitenta porque mais do que isso seria suicídio na hora de fazer a curva.

Diminuí a velocidade na hora H e virei o guidom.

Não vi o carro do Sal Mineo, não vi nada: foi só eu virar – acho que virei demais – e bati contra uma árvore próxima ao barranco, bati feio, minha cabeça quase pula fora.

Fiquei desacordado.

Só depois é que vim saber: Sal Mineo entrou firme na traseira do meu carro. Ninguém caiu no abismo, ninguém morreu, mas saímos feridos. O pessoal quebrou o galho: acordei com Bagulho passando um pano molhado na minha cara. Foi mais é susto. Ganhei um galo na testa, continuava inteiro. Sal Mineo, com o topete desfeito, o susto nos olhos. Todos em volta. Acho que pensaram que eu tinha batido as botas.

Mas a brincadeira terminou mesmo foi na segunda-feira, quando a gente leu na coluna social que Ana Lúcia ia ficar noiva. De um estudante de Medicina que não tinha nada a ver com a história.

(Petrópolis, 1978)

## Primeiro caso de homicídio

*Para Octacílio Moreira da Costa, que foi advogado em Erexim,*
*juiz em Livramento e um cara legal em qualquer lugar*

— POR ONDE eu passo, deixo cruzes nas estradas, seu doutor — falou ele, com ar sincero, de arrependimento, mas também de resignação.

Foi lá pros lados de Cati, distrito de Santana do Livramento; lá onde o diabo perdeu as botas, onde o vento minuano faz a curva. Ou para ser mais direto: na fronteira com o Uruguai.

Para se chegar até Cati, saía-se de Santana por estrada de terra batida, e depois de muito chão, já no final, a estradinha torcia para o lado; fazia um cotovelo.

Chegava-se então ao povoado de Cati.

Depois de formado na Faculdade de Direito de Porto Alegre, surgira aquela oportunidade de começar minha carreira no interior. Não era das melhores, mas pelo menos eu voltava às cidades de minha infância – Santana, no Brasil; Rivera, no Uruguai – e trabalhava sem concorrentes, já que era o único advogado do distrito. Ou "o melhor advogado do Cati, chê", como não se cansava de dizer o delegado, sempre rindo de sua piada.

Afastado do povoado, lá no meio do mato, vivia uma pequena colônia de poloneses. Não se sabia como os polacos tinham chegado até aquele extremo do Rio Grande: talvez tivessem vindo do norte do Estado, de Erexim. Eram pequenos plantadores. E bebiam muito. Como bebiam aqueles polacos, nos fins de semana, quando desciam até o povoado e acabavam a noite sempre envolvidos em arruaças, brigas. E quase terminavam na cadeia. Como já sabiam disso, sempre vinham já com um dinheiro separado, reservado para pagar o advogado para que os tirasse da prisão.

À parte um ou outro caso de contrabando, por uns tempos foi esta minha atividade jurídica: ia até a cadeia, parlamentava com o delegado, que soltava eles no outro dia, de bebedeira curada e de ressaca. Entrava semana e saía semana e a história se repetia. Alguns não tinham dinheiro para me pagar. Nesse caso, me ofereciam cavalos. Cheguei a ser dono de uns dez cavalos na época. (Para não falar em galinhas: tinha sempre o galinheiro cheio.)

Um dia, eu tomava a fresca na varanda da casa, acompanhado da água fervendo e da cuia e da bomba de chimarrão, sorvendo o amargo do fim da tarde, quando chegou o delegado. Chegou meio esbaforido, estava com pressa, nem aceitou apear do cavalo e tomar mate comigo. Só disse que era um caso de homicídio, "um caso antigo"; que o índio brabo ia precisar de advogado, e como não havia muita escolha...

Foi-se, com seu humor e sua pressa. No outro dia de manhã apareci na delegacia.

O "índio" era Pantaleão, um ex-tropeiro que tinha vindo lá das bandas de Sapucaia. Parece que não parava muito tempo em lugar nenhum; tinha bicho carpinteiro no corpo: alma de tropeiro, alma de horizonte.

Fiquei sozinho, com Pantaleão Tropeiro. Ele chorava, descontrolado, me confessando:

— Barbaridade, doutor, não tenho mais jeito! Por onde passo, levo a desgraça pros outros cristãos. Por onde ando, deixo cruzes pela estrada. Ontem fui tomar umas cañas na birosca e vieram aqueles polacos borrachos. Lá pelas tantas começaram a me xingar naquela língua estrangeirada deles. Bá! Como não estava entendendo, fiz que não era comigo, mas aí um deles disse em língua que cristão entende, em bom português cheio de sotaque: me chamou de filho da puta. Barbaridade, doutor, isso não se diz prum índio gaudério como eu. O senhor me desculpe, mas em mãe minha ninguém toca, nem com palavras! Homem que é homem não leva ofensa de volta pro rancho. Me levantei, fui até ele – a sanfona ainda tocava que te-abre-Zacarias! – puxei do revólver e disse bem alto:

"– Eu, Deus e mais ninguém!

"E descarreguei a garrucha. Saíram dois tiros e caíram dois polacos no chão. Depois fugi, que isso lá se vão três anos; fui para Dom Pedrito. Mas a desgraça me persegue e cheguei em Dom Pedrito e me meti numa briga. Me ofenderam de novo, xingaram minha mãe que vive hoje lá nos Pagos do Céu. Puxei da garrucha, disse "eu, Deus e mais ninguém!" e apertei no gatilho. Acabei matando mais dois. Foi então que a polícia de Dom Pedrito me prendeu: eles me espremeram, o couro comeu duro nas minhas costas. Aí falei dos acontecidos de Cati. Um destacamento do Exército me trouxe de volta. Agora estou aqui pra cumprir meu destino, doutor. Será que ainda posso viver como ema no campo? Fui tropeiro, gosto do campo; vivo bem é no pampa, não na cidade, terra de gente falsa, delicada – que o senhor me desculpe mas posso falar assim que seu doutor ainda é um guri para mim ainda é um bezerro desmamado. Barbaridade! Juro que não mato mais ninguém. Sou um homem marcado, e isso já é um castigo duro para um gaúcho livre..."

Aceitei defender aquele "casca grossa", ou "pêlo-duro", como a ele se referia o delegado, ou "guacho", como o chamava eu. Estudei o caso e armei a minha defesa. Ora, os poloneses, embora não se metessem em política, pois mal falavam nossa língua, trabalhavam para um fazendeiro que era também chefe maragato. Pantaleão andou certa época sendo tropeiro de um líder pica-pau. Os maragatos e os pica-paus viviam sempre às turras, não comiam churrasco debaixo do mesmo capão. Devo ter feito um bom trabalho, que o advogado de acusação, vindo de Livramento, perdeu a causa: Pantaleão Tropeiro acabou solto.

E como não tinha dinheiro para me pagar, me deu um cavalo. Mais um!

Foi uma vitória profissional a liberdade de Pantaleão, que então poderia viver como ema solta no campo – uma vitória que me deixou contente.

Mas não por muito tempo: meses depois soube que ele tinha se bandeado para o Uruguai e que estava vivendo vida tranqüila em Durazno até o dia em que um gaúcho oriental teve a má idéia de lhe chamar de "macaquito" e de "hijo de puta".

Pantaleão Tropeiro sacou do revólver e puxou o gatilho e, na confusão, matou mais três.

Não sem gritar sua frase fatídica:

– Eu, Deus e mais ninguém!

(Petrópolis, 1979)

# Os Espectadores
(1976)

## O muro e a passagem*

*Ivo Barbieri*

O CONJUNTO *de textos que compõem* Os espectadores *tem mais coerência que, à primeira vista, pode parecer. (...) O debate suscitado diz sempre respeito à comodidade incômoda de quem se coloca diante ou dentro do espetáculo. Não propriamente o espetáculo e sim a questão do espectador é que constitui o motivo principal das peças reunidas nesta coletânea. (...)*

*Já na primeira narrativa, Marcos Rangel passa de autor a personagem. Temos um escritor pretensioso, que se dá em espetáculo mediante o espetáculo que seus romances se propõem a ser. (...) Gargantua da Silva, de tanto projetar filmes como operador de um cinema provinciano, identifica-se com a tela e em lugar de operar com imagens, passa a ser operado por ela. (...)*

*Extrema lucidez e completa cegueira chocam-se no mundo contraditório dessas figuras. Tais extremos, longe de reciprocamente se excluírem, muito se atraem e, por vezes, se confundem. Prisioneiros da razão e cegos de obscurantismo encontram-se afinal no mesmo horizonte de ambigüidade. O mundo maniqueisticamente cindido: de um lado, espectadores; do outro, atores, santos e soldados. (...) Desta cisão e dessa indecisão Flávio Moreira da Costa nutre o senso de humor de seus escritos. A teimosia do lugar-comum, a afetação intelectualista, o ritual da palavra tornam-se campo de eleição para o exercício do humorismo crítico.*

---

* Introdução à primeira edição de *Os espectadores* (São Paulo: Símbolo, 1976), aqui republicada não na íntegra. (N. do E.)

*Na primeira parte o espetáculo é a página escrita. Dele emerge o uso irônico-paradístico da palavra. O espetáculo literário descreve-se aí como uma "feira de vaidades". Escribas aprisionados "num círculo nem hermético nem mágico mas perfeitamente pragmático" – como se diz na primeira narrativa – mostram todo o seu ridículo. À semelhança de Marcos Rangel, o curvado e envelhecido funcionário de "As palavras simpáticas", parodiando o pragmatismo da língua burocratizada, exibe as obviedades do formalismo redundante. (...)*

*A estratégia ficcional de Flávio Moreira da Costa quer romper com o círculo do espetáculo da palavra escrita. Descrevendo parábolas críticas, Os espectadores rompem igualmente com o hermetismo esteticista e com a redundância pragmatista. Seus textos transgridem a ordem da intransitividade do círculo estético. Em vez de muros, passagens. Em lugar da reificação no texto, o trânsito para o contexto. "Entre santos e soldados" talvez possa ser apontado como o texto-padrão dessa estratégia. O conto é claramente alegórico. O próprio texto se encarrega de desmascarar a figura do parque, denunciando-a como imagem dissimuladora do cárcere. O narrador-residente no parque tem consciência de que poderá continuar vivendo no parque, desde que se mantiver rigorosamente no papel de espectador. Mas sabe igualmente que os contemplativos não sairão jamais do parque-prisão. No parque, o círculo da contemplatividade, onde é proibido agir e de onde não se pode fisicamente fugir, deixa uma única possibilidade de sobrevivência: a transgressão. A escrita transgressiva torna-se então o ato capaz de superar a dicotomia atores e espectadores, guardiões e prisioneiros. E é essa decisão do escritor que ultrapassa a condição do texto fechado em si mesmo, como um espetáculo, para dar-se como passagem em direção ao contexto: "... quero registrar o nada de nossas vidas soltas que perambulam por essas imediações, quero ser o Cronista, o Santo, o Imbecil de todos nós..."*

# O pior romance do mundo

ESTA É uma história simples e começa assim:

Meu nome é Martins Soares, sou crítico literário e moro no Rio de Janeiro, onde tudo aconteceu. Embora outro seja o personagem principal.

E ele é muito conhecido – bastaria dizer seu nome: Marcos Rangel. Escritor de sucesso aos 27 anos, o máximo no país do que se poderia considerar como "consagrado", Marcos Rangel havia publicado apenas um romance, escrito espaçadamente dos 18 aos 25 anos, e um livro de contos que, se pouco acrescentou à sua reputação, já àquela altura, indiscutível, teve seus textos republicados 24 vezes em revistas brasileiras e estrangeiras, antologias, suplementos, jornais etc. Sobre o romance, *Meditações à beira do Piabanha*, escreveu o eclético e sisudo pensador Otton Mara Menezes: "Gênio, gênio, não tenham dúvidas." E o cobrador intelectual Ruy B. Fonseca: "Desde Raul Pompéia não se via uma força literária e estética tão avassaladora."[1]

---

[1] In Marcos Rangel, *Fenômeno*, Ed. Desastronauta, Rio, 1968.

Marcos Rangel, que era uma pessoa simples, ficou preocupado. O que estaria acontecendo? Era verdade que sua infância, marcante e sem alegrias fáceis, teria determinado sua sensibilidade, específica e – ela sim – cheia de alegrias breves. E de espantos: com a repercussão do livro de estréia, sua vida mudara – "da água pro uísque". *Meditações...* atingiu 21 edições em pouco mais de um ano e foi traduzido na França, Estados Unidos e Suriname. Seu autor participava de assembléias, conferências e júris de televisão por todo o país.

Marcos Rangel conheceu então a vida literária. Não era, não podia mais continuar sendo um homem simples. A aclamação nacional e unânime forçara a transformação. A princípio, reagiu aos incessantes convites para festas e encontros sociais e literários. Mas o editor, com um olho no brilho e o outro no cofre, insistia, quase o empurrava. Passou das colunas literárias para as colunas sociais. Ao freqüentar a "feira das vaidades", ia penetrando num círculo, nem hermético nem mágico, bastante pragmático. Era Fulano que elogiava Sicrano, que elogiava Beltrano, que elogiava Fulano, que elogiava Beltrano, que porventura elogiava Alguém, que não elogiava Ninguém.

"XYZ é um escritor menor, só sabe se promover."

"ZYX até que escreve bem, mas hesita entre as influências de Rosa e de Clarice."

"Será que você poderia escrever uma crítica sobre meu livro?"

"Gostaria muito que a orelha fosse sua."

Marcos Rangel ouvia mas não escutava. Para quem sempre se considerara "um talento para o anonimato", não deixava de ser uma ironia tanta solicitação, aquele peso de ser "um nome nacional". Sem tempo para mais nada, muito menos para escrever.

Com a primeira bolada de direitos autorais, resolveu partir. Passou seis meses em Paris, no Grand Hotel du Levant, pensando se isolar. Mas nas ruas e nos bistrôs de Quartier Latin encontrava sempre – eu era encontrado por eles – jornalistas, estudantes e candidatos a escritores, todos brasileiros.

"Eu vou escrever o melhor romance do mundo", lhe dizia um deles, depois de beber um Beaujolais e alguns Calvados – "a bebida preferida do Inspetor Maigret, você sabia?"

Chegou ao Brasil sem avisar ninguém. Inútil: dias depois seu telefone não parava, do segundo caderno do jornal tal, da revista tal, da televisão tal.

"Como foi sua vivência européia?"

"É verdade que jantou com Julio Cortázar?"

"Está escrevendo algum livro novo?"

"O senhor confirma que *Meditações* vai ser editado em javanês?"

Recomeçaram as festas. Recomeçaram as reuniões que nunca haviam sido interrompidas – na casa de escritores, literatos, personalidades. Eram as festas do Ego, das realizações e frustrações perdidas na noite do tempo e no tempo da noite, copo de bebida na mão e falsa verdade nos lábios:

"Para mim, o melhor escritor brasileiro é..."

"Quando chegar a hora, me tranco em casa para escrever meu romance."

"...o melhor romance do mundo..."

Marcos Rangel escutava mas não ouvia. O melhor, o melhor. Bebia mais uísque. Marcos Rangel não era mais um homem simples, embora percebesse a glória passageira e mundana que o cercava. Quantos, entre eles, haviam realmente lido seu livro? E se o haviam compreendido, por que ainda por cima saudavam-no com festas? Maneira sutil de revelar suas invejas ou de agredi-lo, bebendo uísque?

Inquieto, insatisfeito, Marcos Rangel pensou em:
1) morar em Nova York;
2) estudar cinema na Polônia ou na Itália;
3) comprar um sítio e se esconder em Mauá ou Penedo;
4) fazer psicanálise e concluir a faculdade;
5) mudar de nome, no cartório, e de cara, numa clínica;
6) encerrar a carreira literária e começar a pintar.

Claro, acabou não fazendo nada disso.

Em beco sem saída, a única saída era dar meia-volta: pensou em escrever de novo. Mais um livro. O terceiro e último. Gostaria, sim, mas sentia-se indeciso ou com medo: como dar um passo adiante, ultrapassar a si mesmo e, sobretudo, como atender às expectativas e cobranças dos outros? E escrever sobre o quê? Uma idéia se acendeu, como uma lâmpada: e se fizesse um livro ruim, muito ruim? Não seria uma boa resposta àqueles eternos candidatos a escritor que viviam prometendo escrever o melhor romance do mundo?

Excitado com a idéia, abriu a garrafa de uísque. E falou em voz alta, quase gritando:

— Vou escrever o pior romance do mundo! Vou escrever o pior romance do mundo!

Em seguida percebeu a depressão embutida dentro daquela euforia: estava com 33 anos e há seis anos não escrevia uma linha, vivendo esses últimos seis anos apoiado no sucesso dos livros escritos (já se podia dizer) na juventude. Continuou a beber.

Acordou de ressaca no dia seguinte, deitado no sofá e de roupa. Enquanto escovava os dentes lembrou-se da noite anterior: escrever. E sorriu, como se a idéia lhe chegasse aos poucos: escrever o pior romance do mundo. Aí então poderia pendurar as chuteiras e partir pra outra, sem dar satisfação a ninguém.

Entrou no chuveiro e espantou os fantasmas. Saiu, trocou de roupa, colocou algumas camisas, meias e cuecas numa bolsa de viagem, pegou a máquina de escrever e desceu.

Jogou tudo no banco do seu Puma novo em folha, dirigiu até a Avenida Brasil, continuou em frente. Duas horas depois, pela Rio–São Paulo, chegava a Penedo.

Permaneceu nove meses naquela pequena colônia de finlandeses. Foram nove meses escrevendo, escrevendo. Hóspede e habitante, mal saía do quarto do hotel – caminhava um pouco, tomava uma sauna e, franciscano, retornava ao quarto e ao ofício. Noite ou dia, escrevia, encantado por conseguir levar adiante seu projeto, o de escrever o pior romance do mundo. Tudo muito bem planejado: linguagem frouxa e desleixada, personagens mal delineados e desestruturados, capítulos curtos e longos e desequilibrados. Não era fácil: a tarefa requeria habilidade, talvez talento, para chegar ao final, aos oitenta capítulos. E o título? Ora, só havia um:

## O PIOR ROMANCE DO MUNDO

E assim foi. Ao fim de nove meses, com os originais nas mãos, Marcos Rangel começou a revê-los – em vez de cortes, acréscimos; em vez de simplificar, confundir. Achou melhor refazer o final.

Antes foi até à sauna, como se se despedisse da cidade.

Voltou e sentou-se, para refazer o final do capítulo 79 e o capítulo subseqüente:

E quando o romance foi publicado, o crítico Martins Soares, o primeiro a recebê-lo, teve uma inesperada reação.

CAPÍTULO 80
O famoso crítico literário nacional colocou a gravata, vestiu o casaco do terno e saiu. Guardou as chaves. Ainda no corredor, apalpou o bolso do paletó e conferiu as chaves do carro. Entrou no elevador.

Poucos minutos mais tarde, num outro edifício e num outro bairro, abriu a porta do elevador e subiu. Até o quarto andar.

Procurou, sem pressa, o apartamento 402.

Tocou a campainha. Aguardou.

Quando o escritor Marcos Rangel abriu a porta, não teve tempo de saber o que estava acontecendo e muito menos o que iria acontecer: com o revólver na mão o crítico Martins Soares apertou o gatilho uma, duas, três, quatro, cinco vezes.

No chão, esparramado, via-se escorrer por um pequeno orifício da cabeça de Marcos Rangel (era, ainda, Marcos Rangel?) pedaços de um cérebro que, em vida, registrava o índice 142 de QI.

FIM

# O contrato

*segunda-feira*

EU, a grande estrela, continuei deitada no sofá, deixando o telefone tocar, irritante. Não por estrelismo: nenhuma disposição de falar com Cláudio. Talvez nem fosse ele, não faz mal: sem saco de falar com quem quer que seja. Pelo menos hoje, agora.

Estafa ou insatisfação? Tenho atravessado os dias e as noites na base de calmantes – vontade de parar com tudo, repensar a vida. Desde a infância – repensar a vida, revivê-la. Mas, impossível, não há tempo: trabalho e mais trabalho e além disso é pra frente que se anda. (Não é o que diz o escorpião.)

Faz quinze anos. Há quinze anos – e com quinze anos... Toda mulher deveria perder a virgindade aos quinze anos. Quanto mais velha, pior.

*terça-feira*

Cheguei tarde em casa. Chegamos: Cláudio me esperava no final do ensaio e me trouxe até aqui. Subiu; avisou que não ia poder ficar a noite toda.

Não devia ter dito: transa contada no relógio?

Era uma hora quando ele foi embora. Seduzida e abandonada. Não chegou a ser um desastre, mas senti falta de alguma coisa, de muita coisa. Sensação imprecisa e vaga. Será que, como antes, *never more*, Cláudio?

Ele é sensível, deve ter percebido.

Com os nervos à flor da pele, enguli uma pílula para dormir. E no momento que levei o copo aos lábios, julguei ter compreendido o suicídio de Marilyn Monroe. Sem me comparar – ou será o contrário? Agüentar os outros, a fama – ninguém é preparado, programado para isso. Com o sistema nervoso familiar que possuímos, é difícil. O negócio é mudar.

Mas mudar o quê? Como? Por quê?

Mudar, mudei: há não mais do que um ano eu era uma ilustre desconhecida. Pelo menos fora do meio teatral. Foi só um papel de destaque na novela das oito e o Brasil inteiro percebeu que eu existia. Entrevistas, capas de revistas, convites e mais convites. O papel principal num filme – e agora a volta ao teatro.

Estou ensaiando a peça *Os espectadores*, de Flávio Alves – com ela vamos percorrer o país. É essa expectativa de viagem que me excita. E me assusta.

*quarta-feira*

Tem horas que pareço não saber muito bem o que pretendo da vida. Afinal, o que é isso que chamam de maturidade?

Ensaios suspensos até depois do Natal.

Hoje fui à praia com Cláudio. Depois, almoçamos. E depois...

*quinta-feira*

Noite de Natal no Leblon, com a família, na esperança de perceber, nos olhos de todos, os natais de antigamente, uma boneca me esperando como um encanto debaixo da árvore iluminada – mas nem árvore tinha. Clima de ilusões perdidas, mas nem tudo

foi decepção: gostei muito de ter ganho um presente.
Filha é filha.

*sexta-feira*

Dia de descanso – continuo cansada.

*sábado*

Retomada dos ensaios: a peça cresce, quase no ponto. Toda a divulgação e a propaganda do espetáculo serão feitas em cima do meu nome.
Fomos, o grupo, jantar na Trattoria.

*domingo*

Pensei em Marcelo, primeiro namorado e desbravador. Por onde andará? Casado, cheio de filhos? Ele costumava dizer: "Toda grande mulher precisa ser currada aos doze anos." Nunca consegui entender direito o que ele queria dizer com isso. Talvez nada – gostava de chocar os outros.
Mas por que fui pensar nisso logo hoje?

*segunda-feira*

Fui à praia e na volta fiz massagem e limpeza de pele.
Ensaio.

*terça-feira*

Cinema à tarde. Ensaio. Cláudio apareceu.

### quarta-feira

Último ensaio do ano.

### quinta-feira

Réveillon na casa de amigos, na Barra, com Cláudio. Música, bebida, bebida e música. Fui muito paquerada. Cláudio ao lado, vigilante mas sem demonstrar ciúmes.

Fomos para a praia, assistir à festa de Iemanjá em Copacabana.

### sexta-feira

Tenho me sentido excitada. Muito excitada.

O rádio garantiu que hoje ia dar praia. Chove: são chuvas de verão.

Outro ensaio.

### sábado

Levantei bem tarde e saí para fazer compras de viagem.

Antes de ir para o teatro, Cláudio passou por aqui. Desde que comecei esse último trabalho, deixei de ir ao apartamento dele – e ele vem ao meu. Mais calma – o que não me impediu de desconfiar que... Bem, viagem é partir, se afastar...

### domingo

É preciso viver e viver. Com pressa. Enquanto é tempo. Ainda chove – o que é uma maneira da natureza se mostrar triste –, e tentei ler um livro de Freud que Cláudio me emprestou mas não passei da página 20.

Os ensaios chegam ao fim. Flávio, o autor, foi assistir e gostou muito.

Pílula para dormir – sonhar talvez.

*segunda-feira*

A viagem. Estréia nacional será em Curitiba – depois, Porto Alegre, São Paulo, Brasília, Nordeste. Depois de amanhã, partimos. Tudo vai dar certo. Cláudio me pediu para escrever uma carta ou bilhete por dia. Conseguirei?

Noite passada, tive um sonho horrível: ao ser possuída por um bicho monstruoso, meu corpo ia se abrindo em dois. Sem interpretações, doutor Freud. (Pretexto do sonho: depois do ensaio, o pessoal ficou conversando sobre relações sexuais dos mais diferentes animais, das centopéias às baleias.)

*terça-feira*

Sem tempo nem para te escrever, querido diário: embarcamos amanhã cedo.

*quarta-feira*

O chão de Curitiba. Até que enfim: a estréia foi hoje mesmo à noite, mal deu pra gente se acostumar com o palco. Teatro cheíssimo, não faltando as "altas autoridades". A cortina abriu inúmeras vezes por insistência das palmas. Meu camarim foi invadido por senhoras e senhores que queriam me conhecer ou me pedir autógrafo. Gente simpática – e eu, simpática também. Escondia minha excitação e, no meio de tantos, minha solidão. Na hora de irmos todos à recepção oferecida pelo Governo do Estado, dei um passo atrás. Insistiram; aleguei mal-estar. Não, não foi estrelismo: foi estranheza mesmo.

### quinta-feira

Os jornais publicaram fotos minhas nas primeiras páginas, anunciando as boas novas da estréia. De tanto alisarem meu ego, talvez eu venha a dispensar remédio pra dormir.

Depois do almoço, saímos em grupo para conhecer um pouco da cidade, apesar do calor, calor africano e curitibano. Numa rua do Centro, só de pedestres, recebi olhares, elogios e mesmo gracinhas. Rapazes simpáticos, e com certeza provincianos, nos paqueraram, a mim e às outras atrizes. Mentiria se dissesse que não gostei: gostei, sim.

### sexta-feira

O pessoal não deixou a peteca cair e as palmas se repetiram. Essa acolhida do público melhorou meu ânimo, abalado pelo calor do dia ou pelo tédio a me rondar e a rondar esta cidade estranha e pequena.

Mandei cartão para Cláudio.

Fomos todos jantar, depois do espetáculo, numa pizzaria, em bairro afastado do Centro.

### sábado

Dormi à tarde; só saí do hotel para o teatro.

Pensamentos esquisitos, envolvendo Marcelo e Cláudio, primeiro e último pólo na vida de uma mulher de sucesso porém complicada.

À noite, bebemos vinho. Apesar do calor.

*domingo*

Muito inquieta e muito sozinha no calor danado de Curitiba. Vontade de andar descalça pelas ruas.

Depois da peça, aleguei indisposição e fui para os arredores da cidade, como se procurasse alguma coisa.

*segunda-feira*

Voltei ao bairro de ontem, andando sem destino ou direção.

Um mulato passou por mim, bonito e alto. Sorri pra ele, que me cumprimentou, cerimonioso, sem-jeito. Quebrei sua resistência: conversamos, bebemos cachaça, cerveja. No entanto, continuou cheio de dedos – uma graça.

Disse a ele que amanhã voltaria, à mesma hora.

*terça-feira*

Voltei à mesma hora e ele estava lá, esperando.

Várias rodadas de bebida mais tarde, me ocorreu uma idéia e a propus a ele, como uma espécie de arranjo ou contrato. Ele deve ter me achado louca – e recusou. Insisti, argumentei – acabou concordando.

Amanhã.

*quarta-feira*

Com medo e arrependida, pretendia ficar no hotel. Mas saí.

Quando cheguei ao local, ele aguardava encostado num caminhão velho e com dois amigos. Só olhei pra eles e continuei caminhando, me afastando das casas e entrando por uma estradinha de chão batido com mato em volta. Eles vinham atrás. Devo ter andando uns vinte minutos, meia hora. Continuavam atrás de mim – e foi então que parei, e era mato, só mato à nossa volta. Escutei passos se aproximando, e senti medo, excitada. Eles chegaram. Avançaram sem dizer nada e enquanto um me rasgava a roupa, a mão de um outro me arrancava a calça, e eram gestos bruscos e eu não conseguia atinar com nada e senti que um deles, o negro alto, me penetrava ao mesmo tempo em que um outro me beijava ou me mordia a boca e o terceiro tocava alguma região da minha pele e, apavorada, eu me excitava mais e mais e comecei a gemer e a gritar e a pedir quero mais e aquilo não terminava nunca e por fim o negro alto saiu de cima de mim e chegou um outro e me penetrou e eu me sentia tão nua e desprotegida e mãos esmagavam meus seios e sentia o corpo todo doendo mas despertado e o terceiro homem se deitou em cima de mim enquanto os outros dois olhavam afastados de mim.

Exausta, ainda no chão, vi o vulto deles três em volta da minha bolsa; depois jogaram-na ao lado e saíram correndo.

*quinta-feira*

*sexta-feira*

*sábado*

*domingo*

Saímos hoje de Curitiba.
*Os espectadores* continuam, depois de amanhã, em Porto Alegre.
Sinto que alguma coisa mudou.

(1969)

# Os mortos

ELE ESTAVA parado no meio da noite, no meio da noite, esperando que o milagre acontecesse. Ele estava parado e sozinho, nem sombra da rua – rua que se esticava até formar um cotovelo, na esquina iluminada pela luz do poste. Sentinela do silêncio, ele estava parado no meio da noite quando percebeu um chamado:
— Psiu!
Mexeu-se rápido, como animal assustado: virou-se, enfrentando a escuridão; recuou, encostou-se à parede, metralhadora na mão.
— Quem está aí? – a voz saiu firme, mas não enxergava nada, ninguém.
— Sou eu.
— Eu, quem? – apontava a metralhadora.
— Sou de paz, vim fazer um pedido.
Os olhos abertos na noite; engoliu o cuspe, apertou as mãos contra a metralhadora, na certeza de segurá-la.
— Vim apenas pedir – continuou a voz – pra você não perturbar a paz dos mortos.
— Mortos? Que mortos? Do que é que tu tá falando?
Parado no meio da noite, o silêncio fugiu, o medo chegou com aquela voz, espanto – em nenhum momento esquecer a metralhadora.
— Sim, os mortos, estou falando dos mortos. Eles precisam de paz, é um direito deles.

— Tá querendo me gozar? Por que tu não aparece? O cemitério fica longe, eu...

Nada além da voz — não conseguia pensar direito, é verdade que havia bebido antes de assumir o posto...

— O cemitério não vem ao caso, meu filho. Insisto que não é legal perturbar os mortos...

— Mas... como é que...

— ... não é justo...

— Mas apenas cumpro meu dever, não estou perturbando ninguém.

Recuou, encostando as costas na parede: podia ser uma armadilha, podia ter mais gente com ele.

— Seu dever é proteger os mortos.

— Chega, que papo é esse? Afinal quem é você que não aparece?

— Existem mortos por todos os lados, você deve saber disso. A Avenida Principal está lotada de cadáveres e eles precisam de silêncio para dormir como mortos que são, mortos recentes...

— Mortos?

Conseguiu enxergar além da voz: um vulto, sombra. Não era um fantasma, não era alucinação — nem a bebida. Passou a mão pela testa suada.

— Diga logo quem é você, se identifique!

— Não vem ao caso, fui apenas encarregado de lhe pedir para não perturbar os mortos.

— É melhor se identificar, não estou gostando desta história.

— Meu filho, falo sério: a avenida está cheia deles e outros ainda virão. Ao andar de um lado pro outro, você não dá sossego aos mortos.

Não é possível, pensou. Lembrou-se da metralhadora, apertou-a.

— Espero que compreenda...

— Não compreendo porra nenhuma, você tá é maconhado — e pensou: deve ser isso mesmo.

— Eles começaram a chegar ontem, de caminhão — disse a voz.
— Pilhas e pilhas deles foram despejadas na Avenida Principal, logo ali, impossível você não saber...

A sentinela pôs uma perna pra frente, como apoio:

— A autoridade aqui sou eu e meu dever é dar guarda na região. Se não se identificar, pode se considerar preso.

— Olhe bem pra mim — disse a voz. — Não me conhece?

Com muito cuidado, deu um passo à frente, sem ver direito:

— Não conheço, não. Vai dizendo seu nome — mas nem tudo lhe parecia estranho, embora não conseguisse se lembrar de nada.

— Meu filho, são três horas da manhã. Os mortos...

Era um velho, conseguiu perceber com as sobras da luz que vinha do poste.

— Seja leal com eles, não lhe custa nada. Um mínimo de silêncio... Eles se limitam a repousar no asfalto, não fazem mal a ninguém...

— Mas o que é que eu tou fazendo demais? Minha obrigação é ficar aqui e circular... — parou, enxugou a testa, tentava entender.

— Seus passos ressoam pela avenida...

Achou que devia reagir antes que o desconhecido o dominasse:

— Já falou demais, meu chapa: esteje preso!

— Olhe bem, não se lembra de mim?

— Não — apontou a metralhadora, com raiva. — Desembuche.

— Sou o seu pai.

— O quê? — e pulou a ponto de agredi-lo. — Mentira, você é um louco!

— Sou o seu velho pai.

— Meu pai morreu...

— ...num desastre lá na fábrica. Filho, sou seu pai, por isso me encarregaram de vir falar contigo...

Sem controle, contra a parede, apontou a metralhadora para ele — ele, tranquilo, e o soldado tremia de medo ou raiva:

– Mentira, mentira, mentira...

E disparou a arma contra o velho e se pôs a correr – e correu até chegar à Avenida Principal e foi tropeçando nos cadáveres sobre o asfalto e continuou correndo e disparando a metralhadora apontada para o chão e os tiros sacudiam os corpos deitados e só parou quando as balas acabaram e então exausto caiu no meio da rua juntando-se aos outros.

# As palavras simpáticas

1

NA LOCALIDADE de Barro Vermelho, capital e metrópole que os mapas bem registram, um homem cheio de curvas e reentrâncias, de aparência envelhecida, chegou em seu pequeno e alugado apartamento, depois de um dia de trabalho. Cansado, tomou um banho de chuveiro e vestiu o pijama. Sentou-se na poltrona desbotada, com um velho caderno nas mãos – escrito na capa, em letras grandes: DIÁRIO – e se pôs a escrever na primeira página ainda em branco:

*Para falar a verdade, li O CAPOTE quando adolescente e me lembro vagamente que esse conto de Gogol – acho que era um conto; não entendo bem disso – era sobre a vida (burocrática) de um funcionário (público). Não sei por que penso nele agora. Ou será que sei? De qualquer forma, quando me dirigi ontem ao INS (Instituto Nacional de Sonetos), não estava pensando em literatura: apenas pretendia um emprego, um aumento da minha renda mensal de duzentos contos que ganho como revisor de um jornal monarquista.*

*Hoje mesmo, para minha surpresa, comecei a trabalhar, como assessor de redação da presidência do referido "órgão". Pelo que entendi, minha função consiste em redigir telegramas e cartas a serem aprovadas ou não pelo presidente – e assinadas por ele. No primeiro dia, não houve muito trabalho. Nada mal. Saindo de lá, fui para o jornal e só agora, às onze e tanto, cheguei em casa. Cheio de cansaço, ligo a televisão e encerro aqui o primeiro registro desse diário.*

2

Na localidade de Barro Vermelho, o recém-funcionário público que era revisor e havia lido um conto de Gogol na adolescência chegou tarde em casa, depois de muito trabalho. Banho tomado, de pijama, sentado na poltrona desbotada, ele escreveu:

*Meu segundo dia no INS transcorreu com o chefe da seção a me instruir e informar sobre minhas ocupações. Apresentou-me a um e outro, senhoras na menopausa e senhores no desvio que conversavam e bebiam cafezinho o tempo todo. Mostrou-me nomes e endereços para os quais seriam dirigidos telegramas, cartas e petições que caberia a mim escrever. Exemplo concreto: redigir um telegrama de pêsames para a família do acadêmico Fulano de Tal, que morrera no dia anterior; outro para a Academia Barro-vermelhense de Letras. O digníssimo presidente mandava de volta os rascunhos, cheios de riscos e correções a lápis vermelho – casos em que era preciso refazê-los. Minhas primeiras experiências: de quatro telegramas, dois para refazer. Os outros dois tiveram o ok do digníssimo presidente e foram para as mãos de uma das datilógrafas e depois deveriam seguir seus destinos, via postal. Concluí ser uma boa média para quem mal se iniciava na delicada arte de redigir sintéticos telegramas – sem "lugares-comuns", conforme o digníssimo presidente. Vivendo e aprendendo.*

## 3

O Partido dos Fardados estava há muito no poder – e todos os setores da administração pública eram dirigidos por seus seguidores, homens preocupados com a ordem e com a hierarquia. O Instituto Nacional de Sonetos – mesmo sendo de "Sonetos" – não fugia à regra: era necessário ordenar também os versos e (bem) hierarquizá-los, seria de se pensar.

Cansado, em sua poltrona, o novo funcionário escreveu:

*O digníssimo presidente insistiu muito hoje para que eu escrevesse determinada carta. Era o seguinte: num programa de televisão de grande sucesso em Barro Vermelho, tipo pergunta-e-resposta, a estudante Rosa da Silva, argüida sobre Olavo Bilac, vinha se destacando tanto que não seria exagero dizer ser ela a figura mais popular do nosso condado. Era um sucesso imediato, rápido mas espalhado. E como o assunto – ora, direis... – tinha relação com o INS, seu digníssimo presidente imaginou uma carta "se parabenizando" com o programa e com a jovem estrela. Até aí tudo bem, mas eu não conseguia escrever a tal carta. Foi uma dificuldade. Porém, depois de muita resistência, fiz um rascunho e o encaminhei ao digníssimo presidente, já no final do expediente. Por que tanta dificuldade? Talvez eu esteja cansado desses empregos, as pregações monarquistas do jornal e as palavras simpáticas para destinatários desconhecidos do Instituto. Preciso dormir. Afinal, sou um homem calmo.*

## 4

Na localidade de Barro Vermelho costumam acontecer coisas imprevisíveis, conforme tese de um sociólogo local: "A normalidade, aqui, costura-se de anormalidades."

Depois do banho, nosso funcionário registrou:

*Não sei como começar. Ou como terminar. Antes de mais nada, eis a carta que me foi devolvida:*
"Minuta
Ilmo. Sr.
etc, etc.
*Vimos acompanhando com vivo interesse o programa O Limite é o Céu, e levamos a vosso conhecimento nossa satisfação pelo sucesso da estudante Rosa da Silva, que responde sobre o grande poeta Olavo Bilac. Gostaríamos que transmitisse nossos sentimentos à referida jovem e aproveitamos o ensejo para convidá-la a visitar o Instituto Nacional de Sonetos, ocasião em que lhe será ofertada uma coleção de livros de sonetos nacionais.*
*Atenciosamente, etc."*

*Concordo que a carta não seja uma obra-prima. O diguíssimo presidente anotara ao lado zangadas reclamações, que tinha urgência, que não era possível uma missiva tão simples porém importante etc.*
*Até aí, estava no seu direito. Mas eu resistia a refazer a minuta. Cheguei a receber mais um recado do diguíssimo presidente – desta vez para ir à sua sala.*
*Preparei-me. Fui.*
*Ao entrar, encontrei-o no meio de uma discussão em altos berros com uma senhora idosa, e a senhora chorava, tentando se justificar, e o diguíssimo presidente gritava mais ainda, que ela era uma histérica, uma histérica. Aí ele me olhou e antes que berrasse comigo, antes de me ver obrigado a escrever a tal carta, peguei um abridor de livros que estava à mão – era um abridor de livros de sonetos – e lhe enfiei uma, duas, quatro vezes, no pescoço, no*

*peito, e só parei quando o digníssimo presidente deixou cair a cabeça em cima da mesa, sem tempo mesmo de gritar.*
*Não me lembro de mais nada.*
*Cheguei em casa, não pretendo sair.*
*Vou ligar a televisão.*

(1970)

# A gente vai levando

> *Ninguém me ama,*
> *ninguém me quer.*
> *Ninguém me chama*
> *de meu amor...*
> Samba-canção de Antônio Maria

BASTA OLHAR e ver sem penas nem piedades que sou feio e não tenho nada só tenho o mundo contra mim e sou eu mesmo que olho e vejo no espelho e na cara das pessoas quando ando pelas ruas e quando entro num botequim ou subo no ônibus posso ver quando eles me olham e eu não olho pra eles pois estou acostumado e ser feio é o melhor que posso dar de mim mesmo e ser feio pra mim é solidão e pouca atenção e não é só meu rosto que é feio não tenho os pés meus pés são muito feios parecem pés de rãs e é assim mesmo quando volto pra casa à noite vou sozinho e fico sozinho e me agüento sozinho até o outro dia de manhã quando a ciranda recomeça e não sei se a senhora consegue imaginar não não é mole sim trabalho numa repartição pública não é que trabalho lá há vinte e cinco anos sabe lá o que é isso minha senhora vinte e cinco anos saindo de manhã e retornando à tardinha e sem conversar com ninguém pra falar a verdade no começo eu conversava com os colegas do trabalho até o dia em que percebi gozação pra cima de mim sabe como é esse pessoal me chamavam de fuinha e era fuinha pra cá e fuinha pra lá podia ser engraçado lá pras negas deles a senhora me desculpe falar assim mas eu não gostava e não gosto até hoje que me chamem de fuinha pela simples razão de que não sou nem nunca fui fuinha e parei de falar com os colegas com os quais não falo há mais de vinte anos só com um ou outro o indispensável coisa de trabalho fora disso termina o expediente vou pra casa aqui mesmo no catete numa pensão e é raro ir ao cinema porque é caro e de preferência filme policial acaba pesando no fim do mês e nada mais me atrai não gosto mais de nada até que o pessoal da pensão me convida pra ir ao maracanã mas eu não gosto de futebol minha senhora já me acostumei com essa vidinha pois nunca fui pessoa de acontecimentos acho que prefiro a vida assim mesmo tranqüila só sinto falta de vez em quando de conversar com alguém bater um papinho bem mulher é sempre bom e distante e bonito de se ver passar pelas calçadas mas com toda a sinceridade nunca soube o que é ter uma mulher só minha nem sei o que é isso embora há muitos anos conheci uma moça que se chamava Marina como na música de Caimmy Marina morena você se pintou e eu achava Marina muito muito bonita e eu ficava feliz sabe minha senhora de ir ao cinema com ela nem gosto muito de falar nisso mas achava ela a mulher mais pura do mundo até o dia que descobri é chato dizer que Marina fazia ponto na praia do flamengo dona da calçada não que eu seja contra mas sabe como é uma prostituta é uma prostituta e a gente não pode se apaixonar por ela não é e aí então larguei Marina de mão desapareci me acostumei voltei a mim mesmo foi sempre assim quando tou muito chateado vou pro meu quarto e durmo bem cedo pois de qualquer maneira preciso acordar no dia seguinte por causa do emprego e não vale a pena perder tempo com ficar chateado e assim tem sido é do trabalho pra casa e da casa pro trabalho nem sei o que me deu hoje vir até esse barzinho sabe até que o rio é uma cidade bonita mas tou acostumado ao catete que não é tão bonito assim e a pensão onde moro e me escondo cheia de velhos até parece gaiola de papagaio banguela mas já moro lá há uns quinze anos e a dona e o resto do pessoal já acostumou comigo mesmo e as minhas manias e assim a gente vai levando a vida minha senhora

# O céu das solidões

>...cada um com seu demônio sob o céu das solidões.
>Elio Vittorini, *Conversas na Sicília*

1

SENTIA A chuva no rosto batendo suave como se beijasse, mas a noite era escura e bem na frente eu via o recorte deles correndo contra o céu preto, subindo a ladeira, só as luzes do poste iluminando – tenho tudo aqui na cabeça como uma fotografia: eu corria atrás e um pouco atrás de mim corria a minha amiga e éramos quatro, dois casais – uma outra garota havia nos convidado para a sua casa, vamos lá ouvir música, conversar, essas coisas, a chuva só começara a cair depois que descemos do ônibus e agora sem guarda-chuva corríamos, várias setas em direção à casa: eu e minha amiga chegamos por último, limpamos os pés no capacho e sacudimos os últimos e rebeldes pingos da chuva, com licença, e entramos, a sala era espaçosa, móveis em simetria, poltronas nos esperando, lareira estilizada e do lado esquerdo de quem entra um aparelho de som a tocar Roberto Carlos – em primeiro lugar, as apresentações; muito prazer, muito prazer – e eram agora cinco garotas e eu e meu amigo de homem e a mãe da dona da casa veio nos cumprimentar e pedir desculpas que ia dormir porque tinha tomado pílula para dormir, mas fiquem à vontade, rapazes, e as cinco garotas nos convidaram para sentar quase ao mesmo tempo, fumavam muito e sem jeito, o disco terminou e uma delas perguntou qual o disco que gostaríamos de ouvir, queria nos prestar um favor, você escolhe e ela não pareceu gostar muito da resposta e foi e colocou um de Elvis Presley e duas delas se levantaram e passaram a dançar, meu amigo sentado de costas pra elas não via mas eu conseguia vê-las, soltas em passos e gestos e rostos; alguém nos serviu conhaque, é só o que tem em casa mas cai bem depois de uma chuva – a loirinha sentada ao lado do meu amigo acendia um cigarro no outro, acho que já conhecia você de vista, e a música ao mesmo tempo envolvia a todos e desagregava as conversas, ah é me conhece de onde? E outra garota sentou no chão perto de mim, a que se chamava Leila, de talvez dezoito anos, nem me fale de colégio, ainda não terminei a quinta série, os copos se enchiam de conhaque e conhaque, a loirinha bebia num cálice verde, deve me conhecer de Ipanema ou do Posto Seis, as duas que estavam dançando voltaram para as poltronas, Leila se levantou, vou fazer um cafezinho, alguém quer? Ora, não precisa, eu sei mas não custa nada; uma delas me pediu um cigarro, conversavam entre elas e fiquei sabendo que se chamava Luíza, talvez até o fim da noite descobrisse o nome de todas, o cálice cheio outra vez de conhaque, você gosta de estudar Direito? – meu amigo cursava o primeiro ano de Direito –, você dança rock muito bem, ela sorriu, mais ou menos, meu amigo falou, as conversas e eu me sentindo como se vestisse um casaco atando meus movimentos, acendo mais um cigarro, meu amigo não sabia como acomodar as pernas, a poltrona baixa, e eu aguardava impaciente que alguém dissesse alguma coisa para enxotar a andorinha do silêncio mas foi só um minuto ou dois e um novo disco na eletrola trouxe novas conversas e então a loirinha se aproximou e procurou unir os assuntos paralelos, amarrá-los num único e coletivo papo e para isso contou um caso e todos prestaram atenção – ela soube manter o suspense até o fim quando todos riram, afinal era uma piada, olha o cafezinho, pessoal, vontade de ir embora, olhei para Leila (ou seria Luíza?) e ela pareceu me entender, ou iríamos passar a noite num canto qualquer da casa – Leila, você fechou a porta da cozinha? É por causa do cachorro – ou então, e a que se chamava Marisa me perguntou se eu gostava de pouco ou muito açúcar, vai depender de nós, desta noite, minha amiga se aconchega, onde estou que não me vejo? – amanhã começo a trabalhar no jornal, a vida é mesmo esse pêndulo entre esperanças e desilusões, a solidão é uma roupa incômoda, boa-noite, pessoal. Foi.

# A condessa estava descalça

SAÍ DO jornal e, sem vontade de voltar pra casa, fiquei andando pela avenida — Nossa Senhora! — de Copacabana, do Posto Dois aos Seis, retornando ao Posto Quatro, e tomei um cafezinho no velho Mercadinho Azul e depois parei para olhar os cartazes do cinema: passava um filme, Ava Gardner, nem prestei atenção no título, sabia que era um filme com Ava Gardner e sempre gostei muito de Ava Gardner e resolvi assistir àquele filme com Ava Gardner; coloquei o troco no bolso num gesto impessoal e num gesto impessoal entreguei o bilhete ao bilheteiro e entrei engolido pelo grande cinema cheio de pouca gente e escolhi um lugar à vontade, mais ou menos no meio e no meio da fila de cadeiras; ainda passava o jornal na tela e percebi na fila da frente uma mulher sozinha e num impulso aproximei um pouco o rosto para vê-la assim de lado mas só deu para perceber que era mulata; ajeitei-me na poltrona, coloquei o joelho contra a poltrona da frente e sentindo a pressão involuntária — involuntária? — ela olhou pra trás e nos olhamos e mesmo sem tempo de sorrir vi que era uma mulher bonita, mas voltou-se para a tela, meio inquieta ou seria impressão? — fiquei alguns segundos contemplando sua cabeça, a nuca, na esperança que ela virasse a cabeça outra vez e outra vez ela virou a cabeça e me olhou, como se fizesse um sinal qualquer com os lábios, com o próprio olhar, sim, ela sorria e voltou a olhar para a tela e eu sem saber o que fazer, me sentindo meio ridículo mas ao mesmo tempo satisfeito; girei a cabeça, desconfiado: ninguém nas filas de trás nem dos lados, só meia dúzia de pessoas espalhadas e absortas no trailer do filme da próxima semana; me levantei, saí da fila e fui até a sala de espera: tomei água, fui ao banheiro, acendi um cigarro e fiquei olhando a tela lá de trás, em pé, o lanterninha chegou e disse que eu não podia ficar ali, fumar só na sala de espera, e apaguei o cigarro ainda pela metade dando antes a última tragada – fui caminhando em direção à tela, hesitei em entrar na mesma fila de antes ou na fila da frente onde parecia me esperar a mulher que me sorrira: acabei me sentando ao lado dela, olhando pra frente, os dois cotovelos nos antebraços da poltrona, as mãos se unindo na altura da boca e com o rabo-dos-olhos procurei-a e com o rabo-dos-olhos ela tentou me ver, o filme já ia começar, o filme com Ava Gardner, e ela virou o rosto para a esquerda e eu virei o rosto para a direita e sorrimos e então deslizei o braço até repousá-lo no encosto da poltrona dela e o filme com Ava Gardner já havia começado e me lembro que a condessa estava descalça.

(1965/66)

# Doca, Doquinha

(CONTO *ready-made*, Rio de Janeiro, 1911)

*Primeiro tempo:*

"Queridinha, confeço-te que hontem quando recebi a tua carta fiquei tão louco que confecei a mamãe que lhe amava loucamente e fazia por você as maiores violências ficaram todos contra mim, e a razão porque privino-te que não ligues ao que lhe disserem o que passou-se durante as últimas vinte e quatro horas, e peço-te perdão de não ter respondido a mais tempo e divido a falta de tempo.
"Pense bem e veja se estaes resolvida a fazer o que me disseste na tua amável cartinha, responde-me com a maior urgência sim.
"Saudades e mais saudades deste infeliz que tanto lhe adora e não é correspondido.
"Assis. 17-6-1911.
"Quando acabar de ler faz o que eu fiz com a sua, rasga e queima.
"Adeus – Assis."

*Segundo tempo:*

"Idolatrada Doquinha. Saudades.
"Tive immensa satisfação quando vi hoje pela manhã quando passei no trem estavas sentada na meza e agora às 7 horas da

noite a ver-te perto da sala de jantar, porisso peço a minha ingrata que faça o possível de falar comigo hoje, não é preciso pullar a janela é bastante abri-la que eu vou falar com você, espera-me a hora de costume isto é, se você não estiver com raiva de mim, podes ficar crente que tão de pressa soube que estavas de cama fui ao Dr. Roma Santos saber o que você tinha elle disse-me que você tinha feito a loucura de molhar os peis na água fria, pois que você estava com inregularidade no incômodo, foi para mim uma grande tristeza em saber que o Dr. Roma Santos sabe de teus particulares moral, enfim que eu devo fazer <u>se você não quer ser minha inteiramente minha</u> como eu sou teu.

"Doquinha faz o possível de não faltar porque eu tenho grande novidade a contar-te.

"Teu teu do coração

"A(...) de Assis."

## *Moral da história:*

O autor dessas singelas cartas deflorou onze moças e "seduziu uma porção de senhoras" – entre elas, Doquinha – segundo jornais de São Sebastião do Rio de Janeiro, de 1911, e conforme registrado por Lima Barreto em seu diário.

# Carta a Kafka

RIO DE JANEIRO, 13 de maio de 1969
Meu caro Franz Kafka,

Saudações, saúde e minha admiração, em primeiro lugar.
Como você sabe – ou como você não sabe –, sou um dos raros filósofos brasileiros que chegou a ler dois livros de Filosofia, sendo que de um deles mal consegui passar da página dez. Falo da vida e não de erudição – portanto que esse detalhe de formação não seja levantado contra mim pela constante argumentação de sábios que habitam inacessíveis castelos ou inexistentes catedrais góticas, esses juízes ou porteiros-da-Lei que às vezes saem de seus cuidados para aplicar substantivos e adjetivos neste, se não anódino, pelo menos humilde escriba e personagem. Sou filósofo, um caso mui raro – como se o espírito de Ibn Taufic Chemall houvesse se incorporado a mim – de um ser nascido e havido com/de "eminência de sapiência", para usar o conceito-chave da minha própria filosofia. O que vem a ser isso? Algo de parecido com – porém mais complexo do que – a maiêutica socrática.
Mas atenção: tenho a vos dizer, e a dizer a quem de direito ou acaso me ouvir, que não sou o que se chama de louco, porque o que se chama de louco não se sabe o que seja. Não sou – isso, sim, como descobriu o garoto Rimbaud – prisioneiro de minha razão. Os poetas sabem – a razão, não raro, é cerca ou chibata que deli-

mita e conduz o homem "inteligente". Foi assim que Hegel e tantos outros começaram, e acabaram não vendo mais o mundo: enxergaram apenas seus próprios olhos olhando o longe e o invisível. Enfim, meu caro Kafka, você mesmo já demonstrou isso tudo: a razão é burocrática, pó de pirlimpimpim a metamorfosear o ser humano em grande inseto pensante.

O processo pelo qual estamos passando: o artista da fome se afunda num pântano de caos. Sabemos todos, embora nem todos o percebam. Somos, os homens, um complexíssimo aparelho-computador a captar, aparar e reagir em consonância com os múltiplos impulsos e faíscas que se nos chegam do Cosmos. E o Cosmos transforma-se em Caosmos. Só cumpriremos nossa função da Terra e na Vida se, antes, reconhecermos a existência desse Caosmos – a partir daí poderemos tentar ordená-lo, harmonizá-lo, orquestrá-lo. É bem possível que não se venha a conseguir nada disso. Não faz mal, faz parte do jogo e do grande acaso.

O Caosmos não se altera mas agrega mil faces – entre elas, a vida afetiva. Como a minha, caro Kafka, que no momento são duas: uma delas, por coincidência, se chama Lena, quase como a tua Milena; e a outra, Ana Luísa. Lena formou-se em Direito e resolveu ser atriz. Ana Luisa não se formou em nada e tampouco nada resolveu da vida porque ainda não deu tempo: ela tem quinze anos. Lena trabalha demais e começa a fazer sucesso, o que talvez a afaste de mim. Ana Luísa parece me perceber, erroneamente, como herói de fotonovela. (Caso você não saiba – julgo que não deu tempo para você saber –, é uma das conseqüências atuais da literatura do Sr. Théophile Gautier, por exemplo.)

Mas paro. Paro e penso se alguém como você, nascido e criado na fria e aristocrática Praga – mesmo com sua Rua dos Alquimistas, com seu cemitério judeu – poderia compreender as aflições filosoficolatinoemocionais da presente missiva, ou do autor que se esconde atrás dessa missiva. Talvez sim, conheço sua sensibilidade e sei que de entendimento você... entende.

É tarde e já vou indo – aqui fico, meu caro Kafka, aguardando resposta sua.

Do seu admirador,

Marcos Rangel

# Vida, paixão e morte de Gargantua da Silva, o homem que comia filmes

É PRECISO *dizer, logo no início, feito "trailer", que minha cultura é municipal. O círculo que meus olhos alcançam e que meus pés apóiam é coisa que sei e conheço. Desse mundão de Deus, percebo a estranheza mas não atino a largueza. Talvez uma distância que comece aqui e não termine mais, muito além do mar-oceano. Não sei. Só de pensar que o Amazonas todo cabe dentro dele me tira o sono.*

*Mas pra mim o mundo é mesmo uma tela. Tela de cinema. Em branco e preto ou colorida. Com fotos e cartazes chamando nossa atenção. Luzes e brilhos, dores e amores, socos e beijos, na surpresa da aventura de se viver. É assim pois, com a cultura que tenho – municipal, é verdade, mas cultura –, juntei dele, mundo, noção e idéia, história com personagens, ação, clima e diálogos.*

*Sem sair do meu município, virei internacional.*

*Sempre vivi num distrito esquecido da cidade de Barro Vermelho, antiga Barro Vermelho da Boca do Monte, neste país aqui, da América do Sul, "South of the border", como se diz nos filmes. Filmes são a minha profissão: a vida toda tenho sido projecionista do Cine-Teatro Imperial, o mais antigo da cidade e o único do meu distrito. Todo dia projeto na tela um filme diferente e com freqüência repasso os mesmos rolos só pra mim, depois que todos vão pra casa. Gosto da minha profissão: sou um homem realizado. Ainda mais agora que estou a um passo de ingressar na Literatura Bra-*

sileira, pois resolvi escrever minhas memórias de projecionista – a história de um homem que viu filmes a vida inteira, do homem que comia filmes.

*Primeira sessão:*
*O pão que o diabo amassou*

Não sei se já disse antes que sou Peter Lorre no papel de Buffalo Bill e a correr pelas *prairies* dos estúdios e da vida, engolindo o pó que o Diabo amassou. Bem, o Diabo amassou foi o pão, e naquele filme, se não me falha minha germânica memória, eu contracenava com Ava Gardner, Avinha querida, e era dirigido pelo comprido John Huston.

Essa história de caçar búfalos é coisa pra leão. Não chegou a me entusiasmar – gostava era de cavalgar atrás dos bandidões, fora-da-lei, mas não necessariamente (*not necessarily*) para capturá-los ou matá-los. (Simpatia atávica por eles, desde que comecei minha carreira, lá em Düsseldorf?)

Nos intervalos de filmagem, conversava muito com Ava sobre os lucros e desacertos de se habitar o Olimpo, embora (ou por isso mesmo) ela morasse de fato em Hollywood. Dentro dela, debatia-se a grande estrela e a mulher simples, afetiva. Por mais calor e fama que recebesse, parecia lhe faltar carinho, um calor menos público e mais íntimo – é claro que colaborei para suavizar seu mal secreto, não me perguntem como.

"Gosto bastante de você, *Peter baby*", ela dizia, enquanto vestia a roupa.

Pena que esta cena de alcova jamais foi filmada – e ainda por cima interrompida pelo chato do assistente de direção.

Retomamos o trabalho e foi preciso repetir vinte vezes a mesma cena, sob o olhar bondoso mas surpreso de John Huston.

E tratava-se de uma cena simples: eu entrava na delegacia, virava para o gordo Andy Devine, colocava o cinturão em cima da mesa e dizia:

"Nada de novo no front?"

"Tudo azul em O.K. Curral", respondia ele, com seus dentes separados e sua voz fanhosa.

Nada complicado; o que devia andar complicado era a minha cabeça depois daquele encontro recente na cama e nos braços da divina *Ava darling*. No lugar de "Nada de novo no front", ia "Tudo azul no front", ou "Nada de novo em O.K.Curral". Dez repetições mais tarde, John Huston perdeu sua costumeira calma: seus gritos encheram o estúdio. Como explicar que aquele "Tudo azul" da fala de Andy me lembrava minha compatriota Marlene Dietrich em o *Anjo azul* e me fazia esquecer a frase e o gesto seguintes?

Até que consegui acertar: "Certa! Valeu!", gritou Huston, aliviado, e fomos jantar em grupo no Four Seasons de Los Angeles. Ava bebia seu *scotch*, várias e generosas doses; Huston mostrava-se entusiasmado com o novo filme, apesar dos contratempos; e eu, Peter Lorre, devorava um espaguete *al triplo burro*, aliás, ótimo.

No final, qual não foi minha surpresa quando coube ao chato do assistente de direção levar Avinha para casa – antes carregou-a até o carro pois ela não enxergava mais nada.

Destino de coadjuvante: fui até o cais e fiquei a ver navios.

*(Intervalo)*
*E eis que vos digo, assim estando, de respaldo, nas dobras do tempo, nas costas da tarde, origem de tudo: as pernas da senhora mãe proporcionando espaço e, sôfrego, meti a cabeça, depois o corpo, pequeno como a esperança – assim nasci olhando para as cores do quarto, as cortinas de tule, vento soprando, brisa.*
*Começava um mundo: eu, um homem.*

## Segunda sessão:
## Os homens preferem as loiras

Sentada na borda da piscina – de longe as águas eram gelatina – a silhueta de um corpo, nu, parecia posar para fotos. Mas nenhum fotógrafo por perto, a não ser meus olhos em preto e branco.

Três horas da manhã e ela resolveu nadar um pouco. Jantamos bem, conversa e companhia agradáveis. Por estratégia ou temperamento, escutei mais do que falei. Ela andava precisada de ouvidos atenciosos. Tensa e terna, minha *platinum blonde* era uma menina de cinco anos que transformaram em deusa, ave de asa quebrada. Há um sol dentro dela – um sol e um abismo.

"Sinto muito medo", ela me disse, na hora do jantar.

Não sei o que comentei; sei que ela silenciou. O que fazer? Não se dá conselho a uma deusa: ela sabe mais do que nós, mortais. Talvez minha simples presença lhe transmitisse alguma tranqüilidade, espécie de cumplicidade, mesmo no silêncio. Era o que eu podia fazer. Afinal, seria possível se restituir a alegria perdida? Seria possível enfrentar o vampiro industrial?

"Nós estamos dominados", me respondeu ela, com antecedência, na semana passada.

Talvez quisesse dizer que os homens preferem as loiras... para depois se desfazerem delas.

Três horas da manhã e bebe meu *scotch*. Meus olhos tocavam, roçavam, deslizavam por aquele corpo aveludado de pingos de água e pingos de luz, mulher-criança, mulher-lua, mulher-sol – Mary Jean, todos te amam, todos, menos a máquina que te sufoca.

E ela, ao se levantar, sorriu como se adivinhasse meus pensamentos. A mutação: passarinho, voou até cair na piscina, peixe. Atravessou a água noturna num mergulho e surgiu próxima a mim. Procurou a escada e saiu da piscina e sua nudez-na-noite era o vestido mais lindo que jamais vestiu alguma mulher.

"Vou tentar dormir", ela disse, passando a mão nos meus cabelos.

"Fique à vontade, a casa é sua."

Virei a cabeça e acompanhei seus passos com os olhos. Arrastando a toalha, entrou na sala. Parou, pareceu pegar um pequeno vidro no armário. *Sleeping pills*? Dirigiu-se para o quarto, com um copo d'água.

*(Intervalo)*

*Aconteceu de acontecer – de eu não nascer em Saint François-le-Branche nem em Hollywood mas no antigo condado de Barro Vermelho da Boca do Monte, num continente nunca dantes navegado mas ultrapassado: não, lordes não havia, não havia lordes mas cavalheiros e donzelas de matéria rústica, primitiva, então. No meio dos quais, medrei e cresci.*

*Corpo fechado em campo aberto, beiradinha do rio, futebol no campo, caderno escolar, subindo nas árvores e na vida, enquanto não chegava a hora de ser homem feito; grande.*

*Terceira sessão:*
*Wonder Bar in 42 St.*

Ao caminharem, lado a lado, pela Second Avenue, Buster Keaton, Cid Charisse, Grande Otelo e Carmem Miranda pararam, curiosos, ao ver Jane Mansfield, vestido justo e recorte do decote nada justo, comprar leite numa carrocinha de rua – e riram muito quando a garrafa de leite ferveu nas mãos do leiteiro (Peter Lorre, fazendo uma ponta), que ainda por cima teve o vidro dos óculos estilhaçados. Riram – menos Buster Keaton, claro.

Com música ao fundo, continuaram a caminhada.

Em Times Square, Orson Welles e Viridiana trocavam beijos e juras de amor, mas, assim que Orson Welles viu os quatro se aproximarem, largou Viridiana de lado e foi cumprimentá-los, em especial a Grande Otelo: "*I'm the real Great Othello; you're the Little One*", riu de sua própria piada e os outros também riram, com exceção de Buster Keaton, claro.

Passaram pela esquina da Rua 42 com Broadway – onde Fred Astaire, Gene Kelly e Debbie Reynolds dançavam na chuva à frente de um grupo – continuaram em direção a Leste, até chegar no Quartier Latin. Como não conheciam muito bem Paris, perderam-se de início mas logo encontraram gente conhecida.

Leslie Caron, Juliette Greco e Yves Montand bebiam vinho num pequeno bistrô. Os quatro juntaram-se a eles. Muitos e muitos copos de vinho depois, Yves Montand, em dueto com Juliette Greco, cantou "Je t'aime, mon amour", enquanto Leslie Caron levantou-se e ensaiou alguns passos de dança e Grande Otelo tentou acompanhar o ritmo numa caixa de fósforos, para espanto de Cid Charisse. Só Buster Keaton ficou quieto.

Mas a música terminou e apareceu na porta do bistrô, como se fosse um *saloon*, Glenn Ford, vestido de cowboy. Foi direto ao balcão, pediu uma bebida, bebeu-a de um só gole e ficou encarando os freqüentadores do *bistrô-saloon*. O silêncio foi geral. Até que de uma mesa lá no fundo um homem se levantou, derrubando a cadeira.

Era Gary Cooper.

Os fregueses foram abandonando as mesas em silêncio – o choque parecia inevitável, matar ou morrer. Cooper e Ford, frente a frente – ninguém saberia dizer quem era o mocinho e quem era o bandido.

Cid Charisse, Grande Otelo, Buster Keaton, Carmem Miranda e o resto do pessoal não ficaram para assistir ao final daquela inesperada seqüência – na rua, ouviram os primeiros tiros e respiraram aliviados.

Despediram-se dos parisienses e tomaram o caminho do Sul.

Na beira da estrada, cheia de sol e verde, avistaram um grupo de mexicanos sem camisa e tocando maracas e guitarras em volta de Elizabeth Taylor e Marlon Brando. Não pararam para não estragar a cena – além disso, tinham pressa.

Sempre em direção aos ventos do Sul, quilômetros adiante assistiram a Luis Buñuel dando instruções a Gérard Philippe.

Andaram muito, os quatro.

A próxima parada foi para almoçar, com um grupo de cangaceiros, região árida – ouvia-se "Aquarela do Brasil" em ritmo de mambo.

Depois prosseguiram.

Seguiam um estranho roteiro mas só se deram conta disso quando entraram numa ruela chamada Rua do Ouvidor e foram cercados e apalpados por uma pequena multidão e quando perceberam estavam envolvidos numa grande discussão política e aí Carmem Miranda resolveu cantar "Disseram que eu voltei americanizada" etc.

*(Intervalo)*
*Em campos livres de tanto andar, andei. Tempo a escorrer em descobertas, dia, chão, passarinho, passareca, pião, corda, vamos empinar papagaio? Brincando e brigando, passarinho quando morre é sinal que a chuva chove, e boi solto no pasto, como o menino – um exercício, treino.*

*Tempos mais tarde, o primeiro trabalho, como lanterninha do Cine-Teatro Imperial. Foi quando começou a colecionar* Cinelândia.

*Quarta sessão:*
*O falcão maltês*

Com as mãos nos bolsos da velha capa de gabardine, aba do chapéu na testa, seguia meus próprios passos por uma rua chuvosa de Londres. Para onde ia? Vinha do meu escritório de detetive particular (envolvido e preocupado com um novo caso, o caso do falcão maltês) e voltava para casa.

Sob a luz do poste desenhava-se minha sombra espichada no paralelepípedo escorregadio. Com o velho Chevrolet na oficina, fazia o trajeto de sempre a pé, ouvindo meus próprios passos. Do Tâmisa corria um vento frio e úmido – a chuva cessara. Ajeitei o cachecol.

Ao parar para ajeitá-lo, julguei escutar passos. Ecos de uma noite solitária, concluí. E continuei, cigarro aceso nos lábios.

Próximo à Rua Morgue, notei certo descompasso entre o som que deveria ser dos meus passos e os passos propriamente ditos. Gesto rápido, virei pra trás.

Ninguém.

Continuei.

Mas aqueles passos não podiam ser meus. Acelerei, andei mais devagar, ameacei correr – e o barulho dos passos continuava lento.

Dei uma parada.

Não, ninguém atrás de mim.

Mas os passos continuaram.

Devo estar cansado, pensei, ou então cego pois não vejo vivalma nesta ruazinha. Não sinto vergonha de dizer que corri, desta vez pra valer. Porque aqueles passos perdidos, aqueles passos sem corpo ou pernas, não eram meus. De quem eram então? De algum fantasma ou do homem invisível saído das páginas do velho Wells? E eu não havia bebido demais, nada além das cinco doses regulamentares.

Na frente do meu edifício dei uma última olhada – só eu e minha sombra que se encolhia, manchando a escada.

Subi os cinco andares.

Joguei a gabardine em cima da mesa, preparei um drinque, me sentei e peguei o *London Times* – só consegui passar os olhos pela primeira página. Meu gato preto pulou no meu colo. Seria um aviso? Com certeza.

Fui dar comida a ele.

Preparava meu segundo drinque quando escutei ruído na porta – segurei o revólver e fui até ela. Abri a porta e encontrei silêncio no corredor.

Ao fechá-la, vi um envelope no chão. Peguei-o.

Dei um bom gole e li as letras tremidas (talvez para não se identificar a grafia) porém claras: "Para Mr. HB". Era eu, claro. Rasguei o envelope de lado, com cuidado para não rasgar a carta ou bilhete – e li o seguinte:

"Por mais que tente, ser-lhe-á mais fácil escapar de sua sombra do que de mim. Faça o que fizer, eu o avistarei quando bem o entender. E o senhor me verá também um dia, pois não pretendo me esconder, como deve estar imaginando. Poderemos jogar bridge juntos, quem sabe. Ou então um de nós dois desaparecerá da face da terra. Mas não deixe que isso perturbe seu sono, HB. Se tem a consciência tranqüila, nada precisa temer do seu
   Espião."

Estaria sendo confundido com alguém? Não, HB era bem eu.

"Não pretendo me esconder, como deve estar imaginando." Ora, senhor Espião, não estava imaginando nada e ainda não tive o prazer de conhecê-lo, seja lá você quem for.

Bebi mais alguns (eu "vários"?) drinques e lutava contra a insônia – o vento batendo na janela parecia um tiro que acabava não vindo.

Pedi uma ligação para Paris.

Do outro lado da linha e da Mancha, alguém atendeu. Era a Marina Vlady. Contei a ela o que estava acontecendo, falei da carta anônima e pedi para ela se informar direitinho. Ela disse que ia falar com o chefe, em seguida ligava de volta.

Engoli a bebida a caubói, sem gelo e sem pena. Claro que Marina devia saber de alguma coisa.

O telefone.

"Não se preocupe, Humphrey", ela disse. "John Houston mandou dizer o seguinte: 'Fala com ele que tudo não passa de mera exigência do roteiro.' Pode dormir em paz."

Dormi em paz. No dia seguinte percebi que havia esquecido de tirar o chapéu.

*(Intervalo)*
*O rapazinho subiu na vida e de lanterninha chegou a projecionista e até hoje sou projecionista e agora vou escrever a história da minha vida e*[1]

---

[1] Gargantua da Silva, autor desta biografia, morreu antes de completá-la. Embora as diferenças em vida – sua casinha de bairro e o Castelo de Xanadu –, morreu como o Cidadão Kane, velho e solitário. Não se sabe se mais ou menos feliz. (Nota do Editor.)

# Entre santos e soldados

O VENTO vinha ventando pelos espaços vazios do parque, vinha ventando, as árvores perdendo a cor, desenho, contornos, folhas no chão a se confundirem com o marrom da terra – e era um vento quente, suave, macio, desses que deslizam pelos restos e desarrumam os cabelos das pessoas.

Astrid ajeitou os cabelos com a mão. Olhou ao longe e, como se sentisse disponível, sorriu. Seria alegria, ali, naquele parque – ou não?

O sol teimava em aparecer por entre as nuvens escuras da chuva de ontem.

À esquerda de Astrid, uma poça d'água: ela se inclinou, a admirar sua própria silhueta, cumprindo o ritual feminino da espera – ela, o lago, o parque.

*(Consigo observá-la bem de onde me encontro e, se algum dia chegar a sentir outra vez os prazeres do sexo, gostaria que fosse com ela, ainda mais se nunca sair desse parque; e os jardineiros cumprem a missão de todos os dias e um deles me acena de longe, retribuí o gesto sem entusiasmo pois uma vez tivemos longa conversa, ele me informava sobre o parque (informações que não recordo mais, confesso) e quando quis saber quem era o responsável ou o diretor do parque, foi só tocar nesse ponto, ele desconversou cheio de inquietação, passou a me evitar, só me cumprimen-*

*tando assim de longe; mas Astrid, Astrid, linda, linda, me olha (não me vê) com o rabo dos olhos e põe-se a caminhar, sob plumas, em direção ao lago central do parque. Sei para onde ela vai mas não sei de onde ela vem.)*

— Você se lembra como chegou aqui? De onde veio?
Ele disse não com a cabeça.
— Acontece com todos. Não sei bem, não falei com os outros. Mas só nos lembramos de muito pouco...
Ele sorriu, desajeitado, desconfortável, sem dizer que sim nem que não.
— Loucos, santos ou amantes — amantes de nada. Uma pecinha móvel da engrenagem não sabe que é uma pecinha móvel da engrenagem, entende?
Não, ele não entendeu; ele não entendia.
— Se chover de novo, os lagos transbordam.

*(Ele era noviço no parque e eu tentava reatar uma conversa anterior — não conseguia. Esquisitos esses noviços, alguns são imprudentes (mesmo que não se tenha mais vontade, impaciência, irritação, pois tudo transcorre sem a nossa interferência) — mas eu falava, falo e falarei, já que tudo nos é verdade aqui nesse parque morto; sem nada para fazer, articule as palavras para que as pessoas se entendam entre si.*
*Sim, mas que pessoas?)*

Ele atravessou a praça, terno preto como os olhos.
Astrid aguardava, no banco — há algum tempo.
Ele a beijou no rosto, sentou-se ao lado.
Ficaram calados, difícil começar a conversa.
Astrid permanecia calma, na expectativa.

E ele, inquieto ou perseguido, olhava com insistência as pessoas que passavam.

Astrid, para fazer alguma coisa, prendeu os cabelos loiros.

*(As folhas caídas são loiras e ao longe os guardiões dormitam e as borboletas voam – é hora de elas aparecerem – e revoam por sobre as águas sujas do lago e logo desaparecem à distância; penso então: tanto espaço e não tenho para onde ir e alguma coisa me diz que antes eu convivia, vivia e tinha mulheres, mulheres como aquela mulher linda, a chamada Astrid, e é ela que me sugere isso, mas o passado não existe, de que adianta procurá-lo – e o noviço se aproxima:*

*– É verdade que você tentou ir embora? Mas pra onde?)*

O homem vestido de preto consultou o relógio. E perguntou à mulher loira, inclinada sobre a poça d'água:

– Astrid, sabe as horas? Meu relógio parou.

– São... Engraçado, o meu também parou...

Se olharam e olharam para a frente. Havia um recanto para crianças, com escorregador, balanços, gangorras. O barulho das crianças chegava até eles atenuado, suave. No canteiro em frente, muitas tulipas, despertas, alegres. Aqui e ali, borboletas no ar. Um guarda parecia cochilar. Um soldado e uma babá se abraçavam.

Não havia dúvida: a tarde morria.

*(Sim, eu tentei ir embora, queria voltar a conhecer o que havia vivido e visitado antes, rever tudo aquilo que já vira um dia e de que hoje me esqueço – confesso que fui o autor daquelas linhas que a bela Astrid leu e comentou com seu amigo, "é louco quem escreveu isso", no entanto ninguém mais lúcido do*

*que eu nesse parque de sandices e escrevo porque preciso registrar e nada dessas vidas soltas que perambulam pelas imediações – quero ser o Cronista, o Santo, o Imbecil de todos nós, para que, ao sairmos do parque (sairemos do parque algum dia?), ou quando o parque terminar (seria desejar demais), alguém venha constatar com espanto e indignação (ao mesmo tempo, o parque somos nós mesmos) essa realidade da existência desse parque, origem e razão da nossa própria inexistência, porque isso aqui não é viver – eu queria ir embora, é bom repetir, e cheguei a tentar: esperei a noite e me dirigi aos limites do parque para transpor a simples rua (e mais nada) que me separava da vida do lado de fora; não consegui e cá estou cheio de ferimentos pelo corpo: os guardiões apareceram não sei de onde e me agarraram e me surraram – estou sem comer há dias mas não implorarei pela maldita sopa, pelo sevado pão e pela execrável alface, nosso menu diário: que eu morra se é que ainda se possa morrer, e é aqui, nesta masmorra disfarçada de parque, que prometo a mim mesmo o direito de viver; aqui, cercado de grades invisíveis, é que escolho e procuro a liberdade (o que é "liberdade"?) – realmente não entendo por que não ouço palavras de revolta dessas pessoas que até parecem satisfeitas com tudo, como o homem de chapéu preto, e sem nenhum sinal de amargura ou outro sofrimento; não são homens, como os guardiões não são homens, incapazes de alegrias ou tristezas mas.. ouça... está ouvindo?... sons de crianças brincando (disse "crianças" mas não sei bem o que seja) e as tulipas continuam abertas e as borboletas, eu gosto muito das borboletas, já lhe disse antes?)*

O homem de terno preto, como se comentasse ou como se disfarçasse, falou para a loira Astrid:

– Tarde agradável...

Ela apertou-lhe mais a mão e encostou a cabeça no seu ombro.

— Sei que parece coisa de louco — ele tirou o papel amarrotado do bolso —, mas tenho a impressão de que já li isso antes. E o que é pior: fazia sentido, como se escrito em forma de código, entende?
— Ainda pensando nisso? Se não for louco, deve ser débil mental.
— Não sei, não sei — ele falou. — Há uma terceira hipótese: profeta.

Astrid não disse nada: olhava uma criança correndo atrás de um cachorro.

*(Continuarei sentado nesta grama até que eles resolvam se aproximar de mim, e quando a fome apertar comerei da grama e beberei da água suja do lago; nada mais importa uma vez que não posso sair, e ficarei aqui escrevendo nestes papéis rasgados que encontrei e à medida que escrevo vou me esquecendo da fome e da sede, mas comerei grama, senhores algozes, e quando a grama terminar viverei de brisa e, mesmo querendo, sei que não posso morrer, eles não me permitiriam isso, era só atravessar a rua pequena a nos separar do mundo lá de fora, mas você sabe muito bem que...)*

O homem de preto pegou o último cigarro, amassou o maço e jogou-o fora: o maço caiu na poça, desapareceu logo na água suja mas desenhou círculos sucessivos na superfície, círculos que aumentaram até se dissolverem.
Ele guardou o papel amarrotado no bolso, absorto.
A bela Astrid pensou em lhe dar um beijo na testa, maneira de trazê-lo de volta à sua presença — pensou, mas... valeria a pena?

*(Consegui me lembrar da mulher que se esqueceu que era mulher, sem prazer e com aflição, olhos grandes a saltar das órbitas, olhos que pareciam gritar, chamando alguém, não, não eram*

*olhos solitários – eu também não tenho mais prazer, acho que superei o sexo, embora eu fale muito nisso, forma de consolação, não sei se é vitória ou não, se faz parte da pena ou punição, sei que neste horrível e verde parque o prazer do sexo ajudaria a passar o tempo e, mesmo que não conseguisse ensinar a mulher fria a amar de novo, mesmo se a chamada Astrid não se ajeitasse comigo, ainda assim poderia me masturbar, na beira do lago me masturbaria horas a fio, hora sem fim, a traduzir assim esse meu ódio e nojo, pois é o que começo a perceber que estou sentindo: ódio, nojo, asco de tudo e todos – contrariando as ordens gerais, tenho pensado muito, o que é novidade, pois durante a imensidão de tempo (tempo sem calendário, sem relógio) que passei aqui, apenas deixava que tudo transcorresse, como faz o homem de preto e os outros todos: não pensava; até agora não sei que horas são, conservo meu relógio no pulso mas ele nunca mais funcionou, sei apenas que todo o santo dia nessa "hora" uma leve melodia começa a percorrer os vazios do parque...)*

Astrid não beijou a testa do homem de preto – pensou: "Não agüento esse clima. Ele se diz perseguido, oprimido, e eu não atino por quê. Ou será que estou errada?"

– Por que você não viaja? – ela disse.

– Essa situação toda me impede, será que você não entende?

Ela tinha vontade de entender, compreender, ajudar, mas no fundo não conseguia.

À espera que ele dissesse alguma coisa, tocou-lhe o braço.

*(...essa leve melodia que surge quase surda vai se esparramando e logo já se revela com sua beleza, mas uma beleza que martiriza, e depois aumenta e se altera, do som feminino do princípio surgem barulhos de patas de cavalo; custei muito a me acos-*

*tumar com isso e os guardiões me disseram que nunca ouviram música nem barulho nenhum, que eu devia estar sonhando – mas não sonho, penso, e à medida que aumenta minha capacidade de pensar mais lembranças me surgem, ao contrário dos outros, e talvez exista alguma relação entre pensar e o fato de ter tentado fugir, memória e... ação...)*

Astrid hesitara a tarde toda, mas por fim arriscou-se a perguntar:
— Sua... mulher já sabe?
Ele não respondeu, a não ser com o silêncio. Quis fumar mas ao olhar a poça d'água lembrou-se que estava sem cigarros.
Uma bola veio rolando e bateu na perna de Astrid. Ela passou a mão na perna e devolveu a bola a um garoto que se aproximava.
— Machucou? — ele disse.
Disse que não e pensou: — Por que é que ele não quis responder?

*(...um adulto apanhar é sempre humilhante, você ainda está no estágio inicial, é um noviço no parque, não consegue nem pode perceber como tudo isso é... você não sabe nada sobre o parque nem sobre você mesmo, de onde veio, para onde vai, o que está fazendo aqui, não sabe nem quer saber, pois para se chegar a esse degrau de saber só depois de muitos e muitos exercícios de memória, você não quer saber porque sua vontade se esgotou, espero que volte como aconteceu comigo, e além disso não continuarei falando sobre esse parque porque nada mais se consegue dizer sobre ele, a não ser tudo aquilo que até hoje desconheço; aceite pois meu conselho: nunca passe de mero espectador, não se deixe envolver em nada pois nada foge a um angustiante círculo vicioso, seja contemplativo como um monge hindu – apenas seja, não aja, do contrário a gente sai perdendo, eles sempre vencem, irredutíveis em sua superioridade; aceite ser um zero à esquerda e tão-somente passeie pelo parque, para não passar pelo que eu passei, mas viver assim será mesmo viver?...)*

— É difícil, Astrid, viver assim não é viver — falou o homem de terno preto.

Astrid pensou dizer alguma coisa mas não disse nada. Apoiou-o com um toque, a mão, sua presença.

— Sei que você vai dizer que é preciso ser forte — ele falou. — Às vezes, quando se é forte, se enfraquece alguém no outro lado.

— Meu bem...

— Não sei o que fazer.

— ...você me ama?

Ele a olhou como se ela tivesse interrompido seu pensamento ou dito um disparate.

— Como assim?

— Se você me ama. Você nunca disse.

Veio uma brisa e passou pelos rostos, cabelos, deles dois, trazendo de volta o silêncio.

Ele apertou o papel amassado dentro do bolso.

Ela retirou o braço do braço dele e ajeitou os cabelos.

— O que é que eu posso fazer? — ela disse.

— Compreender. Estou sendo vigiado, e a família...

— ... vai bem, obrigado — ela concluiu.

— Falo de repressão e você me vem com ciúmes. A repressão é objetiva, entende?, e infelizmente às vezes o amor não basta, não é suficiente, não resolve nada.

— Quer dizer que — ela falou.

— Não é o suficiente — repetiu.

Ele se levantou, e caminhou em direção à pequena rua que o afastaria daquele parque, como se assim conseguisse atingir o mundo lá de fora.

(1964)

Este livro foi composto em EideticNeo e impresso pela
Ediouro Gráfica sobre papel Pólen Soft 70g da Suzano
para a Agir em janeiro de 2006.